# 片思いドロップワート

榊 花月

幻冬舎ルチル文庫

CONTENTS ✦目次✦

片思いドロップワート


片思いドロップワート …… 5
あとがき …… 252



✦カバーデザイン＝久保宏夏（omochi design）
✦ブックデザイン＝まるか工房

イラスト・三池ろむこ✦

# 片思いドロップワート

# 1

バックヤードで着替えを終えた辻沢芹《つじさわせり》が店に出た時、窓際のテーブルには四人の、目も覚めるような美形が、それこそファッション誌の一頁《ページ》を立体化したような配置とバランスで、各々の魅力をあますことなくアピールしていたのだった。

ここでアルバイトしている以上、まったく珍しくもない光景とはいっても、同じ人類と思えない、といつも考えることが性懲《しょうこ》りもなしに巡ってくる。

「セリちゃん、これ、三番に」

マスターの平岡《ひらおか》が、ちょうどいいとばかりに、カウンターにティーポットとカップを四脚載せた。ティーポットにはカバーがかかり、カップも温められている。

返事をして、芹はトレイにそれらを移し、慎重な足取りで窓際のその席に運んで行く。

美貌《びぼう》の異種四人組は、いっせいにこちらに注目した。

「こんにちは、セリちゃん。今日もかわいいね」

奥の椅子にかけていた馴染みの男前が、さらりと声をかけてくる。

「ありがとうございます。お世辞でも嬉《うれ》しいです」

彼の前にティーカップを置きながら、芹は無感動に応じる。

さざ波のように静かな笑い声が、テーブルに打ちよせた。それは芹を馬鹿にしてのものではないとわかってはいても、劣等感がわいてくる。これも、いつものことだ。

四人は、一階がこの「é-BLEU」になっているビルの、六階と最上階を占める芸能プロダクション「É-スタジオ」に所属する、プロのモデルたちである。

芹に声をかけたのは、奥寺祐介《おくでらゆうすけ》。モデルから俳優へ、というのがお決まりのコースである昨今の業界にあって、今もモデル一本でパリやミラノのコレクションに出演しており、世界的に知られた超人気モデルだ。百九十センチ近い長身に対し、頭は小さく、九頭身かそれ以上はありそうなスタイル。やや吊り上がり気味の眦《まなじり》が、海外でアジアン・ビューティとして称賛されているという。

他の三人は若手で、おそらく二十代前半から半ばだろう。既定路線通り、俳優としても活動している。

こんな環境、一般人にしてみればありえないわけだが、ここ「é-BLEU」ではあたりまえの日常で、だからカウンターのスツールに坐《すわ》って文庫本を広げている若い女も、奥寺たちの近くのテーブルで談笑している主婦らしいグループも、特に彼らを意識しているふうではない。彼女らは常連客であり、店に入るなり黄色い悲鳴を上げるようなミーハーたちは、咎《とが》めるような視線の針に耐えられず、早々に引き上げるか、静かに過ごして常連化するか、どちらかのパターンを辿《たど》る。

むろん、店側にとっては、後者のほうがありがたいわけだが、閑古鳥《かんこどり》が鳴こうが決して「é-BLEU」が閉店に追い込まれることはない。なぜならばここもまた、「É-スタジオ」の管轄内にある、いわば直営店だからだ。もともとは、所属タレントたちにリラックスできる空間を提供しようという目的でオープンしたそうだから、一般客などはなから期待していない。

そして、駆け出しの新人たちの職場にもなっている。つまり、まだ仕事が少ない若手の、恰好《かっこう》のアルバイト先というわけだ。

とはいえ、芹はモデルなどではなく、ただの平凡な大学生だ。アルバイトをはじめて三か月あまり。同じ人類とも思えない美形たちに、いまだに気後《きおく》れしてしまう。平岡が、芹と同じ「一般人」でなかったら、早々に逃げ出したかもしれない。

いや……それはないか。

内心つぶやいた時、ドアが開いて新しい客が入ってくる。

芹の鼓動が、コトリと鳴った。

「いらっしゃいませ……あ、社長。お疲れさんです」

平岡が声をかけ、芹もあわてて、それに倣《なら》う。が、続いて入ってきた男を見て、また胸の裡《うち》だけで「げっ」と吐き捨ててしまった。

「É-スタジオ」の取締役社長、つまりは「é-BLEU」の経営者であり、ひいてはこの七階建ての衛藤《えとう》ビルを所有する衛藤一波《いちは》と連れ立ってきたのは、「É-スタジオ」所属のモデル——最近は俳優といったほうが通るだろうが。今放送中のドラマで主演も務めている——で芹の天敵、乙文清親《おとふみきよちか》だった。

窓際の四人が、衛藤たちに会釈する。衛藤はうなずき、壁際の二人掛けテーブルに腰を下ろした。

芹はミネラルウォーターのボトルとグラスを二人分、トレイに載せると、しずしずと運んでいく。

そんな繊細な気遣いに、けちをつけるのはやはり乙文だ。

「のろいなあ、おまえ。入ってもう、三か月ぐらいだろ？　水ぐらい、ささっと運んでこいよっつの」

尊大な口調で言い、シャツの胸ポケットから、ショートピースの箱を取り出す。

女性が選ぶ抱かれたい男、三年連続第一位のイケメンがショッポですか……心の中で言い返し、芹はわざと乱暴に乙文の前にキャップをゆるめたエビアンとグラスを置いた。

「いいことじゃないか、キヨ。セリちゃんは、仕事が丁寧なんだよ」

衛藤にフォローされ、胸のむかつきなどどこかへ吹き飛んでしまう。芹はとびきりの笑顔を向けながら、衛藤のグラスにだけ水を注《つ》いだ。

「おい。なんだよ、そのあきらかな差別待遇」

当然のクレームに、

「乙文サンは、いろいろ好みが難しいので。どうぞお好きなだけ自分で水を注いで、召しあがってください」

芹はフンとそっぽを向く。

「この……」

「オーダーお決まりならお伺いします」

口をへの字に結んだ乙文に、なにも言わせないとするかのように、衛藤が「モカ二つ。ブラックで」とオーダーする。

「かしこまりました。ホットモカ二つ、オーダー入りました――」

「誰がホットと言った。俺、アイスで！」

仕返しなのか。してやったつもりか。芹は乙文に背中を向けたまま膨《ふく》れっ面《つら》を作る。平岡がくすりと笑った。

「モカ、アイスとホットね。了解」

背後では、衛藤が乙文をたしなめている。なんできみは、いつもセリちゃんをからかうの、とかなんだとか。

からかわれているというよりは、絡《から》まれているという気がするのだが、

「だってあいつ、ドンくさいんだもーん」

乙文は、とても二十七歳の男とは思えない、駄々っ子みたいな口答えをした。衛藤がため息をつくのもわかる。いつだって、よけいなことばかり言う。そりゃあ、ドンくさいのは認めるけど、こう見えて走るの速いんだぞ、などと思ってしまう自分だって、成人としてどうかと思いはするが。

「だもーんってね、キヨ……」

衛藤だって、あきれている。

「コネって大切だよな」

身体《からだ》の内側から、かっと燃え上がるものを感じた。芹は唇を嚙《か》む。だが振り返ろうとした時、カウンターの客が立ち上がった。芹はレジに入り、会計をする。帰っていく彼女をドアのところまで見送り、「またお越し下さいませ」と一揖《いちゆう》するまでが、接客のルーティンだ。

店内に真新しいコーヒーの香りがたちこめた。芹はふたたびトレイを手に壁際の席に向かう。

「お、ありがとう。いつも大変だね」

こういう時に、さらっと礼を言える衛藤は大人だ。三十二歳、以前は彼自身もモデルをやっていたらしいが、二十六歳の時にアクシデントがあって廃業した、という以外にはまだ衛

藤のことを芹はよくは知らない。いつも薄い色のサングラスをかけていて、社長らしからぬTシャツにデニムというスタイルでも、どことなく風格が漂う。泰然自若としているせいだろうか。陽気で温和、大きな声で豪快に笑う。人当たりは柔らかく、しかも丁寧だ。

「母ちゃんは元気？　生きてんのか」

平然と、しかもどちらかといえばシリアスな話題を、不謹慎な表現で質《ただ》してくるということは、さっきの言葉も乙文的には陰口ではないのだろう。

だからといって、さらりと流せることでもない。

「さっき『CRISTA』に電話したら、出てきてるって言ってたから。快くなったんだよね？」

芹が黙殺したことによりあいた、不自然な間を埋めるように衛藤が見上げてくる。

「あ、はい。おかげさまで……」

芹は口許《くちもと》だけをほころばせた。乙文が嫌そうな顔で、ボトルから直接水を呷《あお》る。何が不満だというのだ。

「そう。よかった」

衛藤は鷹揚《おうよう》に笑った。その、包容力マックスな笑顔。

所属しているタレントたちの全員から好かれ、頼りにされているのもうなずける。年上のベテランだって、衛藤を敬っている様子がわかるのだ。

だけど――それが衛藤一波という男のすべてだとは、芹にはどうも思えない。なんとなく、もっと深い部分があると感じる。もしかすると、見てはいけないかもしれない深淵が、その心の奥底に。

「おい、ガムシロがねえぞ」

引きこまれるように衛藤に見とれていた芹は、不機嫌な声に我に返った。

長い眉《まゆ》を吊り上げて、乙文がこれ以上はできないくらい不穏な空気とともに、こちらを睨《にら》み上げている。

いつも入れてねえだろ、と同じ調子で返してやりたい。しかし、どんな嫌な野郎だろうが、客は客だ。

「は、もうしわけありません。ただいまお持ちします」

芹はそそくさと踵《きびす》をめぐらせた。ガムシロップとともにミルクピッチャーも運んだのだが、とうとう乙文は、腰を上げるまでそれらを使うことはなかった。

あいつ、いつか呪い殺す。

深夜十二時近くになって、芹は帰宅した。ドアをロックすると、短い廊下を通ってリビングに入る。ローテーブルの前にすとんと腰を落とし、ショルダーバッグを床に置いた。

住まいは三階建てのハイツで、新築の１ＬＤＫ。大学生には贅沢な部屋に住んでいられるのは、大家が親だからだ。

首都圏に、他にもいくつかの物件を所有する実業家の父と、出版社勤務の母。弟が一人。鎌倉の実家を出て、芹が一人暮らしを始めたのは二年前。大学生になった時だ。

家族との不仲といった事情からではない。問題は、芹のきわめて個人的な指向にある。

自分が同性にばかり惹《ひ》かれるということを、初めて意識したのは何歳ぐらいの頃だっただろうか。

もちろん、異性が特に嫌いというわけではない。美人と評判のクラスメイトを見れば、普通にきれいだな、と思う。

しかし、その彼女を恋愛の対象としては見られないのだった。ふーん、かわいいね。それだけ。芹がそういう目で追いかけるのは、いつだって大人っぽいクラスメイトだったり、人気のある教師だったりで、異性に同じ種類の視線を注ぐことはない。

そんな自分はおかしいのだろうかと悩んだこともあったが、中学生になった頃に、世にはそういう人間も存在する、と知った。それはなにも男に限ったことではなく、女にしか興味のない女、というケースも普通にある。

一人じゃないんだと安堵《あんど》はしたものの、しかし周囲にはどうやら、同じ性指向の者がいない。しかも、芹が熱い目で見つめるのは、大多数を占める異性愛者――ノンケに限られていたから、恋愛が成就したためしもなかった。

なにより、そんなだいそれた秘密をたった一人で抱え、悶々《もんもん》とすることに疲れてきている。

高校は男子校で、そこにはお仲間もいるにはいたが、好きになるのはやはりノンケばかり。進路を東京に定め、できるだけ通学しにくいエリアにある大学を中心に的を絞った。運よく第一志望の私立に合格する。最寄駅からは、三回も乗り継がなきゃならないから、というのを錦《にしき》の御旗《みはた》として、念願の一人暮らしを勝ち取った。

だからといって、すぐに恋人ができたり、運命的な出会いなんて、今にいたるまで経験したことがない。

それなりに遊びもしたけれど、一夜限りの肉体関係という前提では、相手に惚《ほ》れるなんてまずない。最近では、その手の店にも足を運んではいない。

なぜなら、好きな人ができたから——百パーセント、叶いそうにない相手ではあるが。

ふうと息をついて、芹はのろのろ立ち上がった。明日も一コマ目から授業がある。ままならない恋に鬱々《うつうつ》としてばかりもいられない。異様に出席状況に厳しいと噂の教授が受け持つ、必修課目。

バスルームに向かう背中で、携帯電話がくぐもった着メロを奏でる。

誰だよ、こんな時間にと思いながらも、方向を変え、バッグから携帯を摑《つか》み出す。一瞬で後悔した。辻沢由美子《ゆみこ》。母親だ。

「――はい」

『芹？　どう、バイトの調子は』

落ち着いたアルトで、近況を質される。どうでもいいだろうとは、この場合には言えない。

「うん。まあ、可もなく不可もなく？」

芹はしぶしぶ携帯を持ち替えた。

『疑問形で言われても、知らないわよ』

「……そっちはどうなんだよ。インフル治ったの」

出社しているという衛藤の言葉が脳裏に浮かぶと、意味もなく心がうずうずした。内容ではなく、言葉そのものに。

『おかげさまで、今日から復帰したわよ。なあに？　急に孝行息子のつもり？　あなたってば、お見舞いにもこないで』

「必修課目があったんだよ。出席しないとまずいんだ。それに」

入院といったって、三日ぐらいのことだろう。初日は深夜に救急搬送され、最終日は朝いちばんで退院した。どこに見舞う余地があるというのだ。

そう続けようとした芹を遮り、

『いいわよ、お兄ちゃんはクールだもんね。わかってるから、気にしないで』

誰も気にしているとは言っていないのに、由美子は一人決めだ。

「クール……」

　自分がそんなタイプでは決してないことは、二十年間つきあってきた芹自身がよくわかっている。

『それより、「E-スタジオ」の……あの素敵な方からお花をいただいちゃったわよ。お礼言っといてね、芹』

「え」

　心音が、今度ははっきりと高らかに鳴った。

「社長が、そんな」

　たかがアルバイト学生の親が入院したからといって、わざわざ見舞いなど届けるだろうか。衛藤の交友の広さを考えると、そんなことをやっていたらきりがない。

　それでも花を贈った、というのなら、ひょっとして自分が特別に――。

『社長？　ああ衛藤クン？　彼じゃないわよ。イースタのナンバーワンっていったら、もちろんキヨちゃんでしょ。オトフミくん』

　うっかり妄想の壺《つぼ》に入りかけていた芹は、水をかけられたように平常心を取り戻した。

「乙文が、お母さんに花だって？」

　それはまた、どういう種類の嫌がらせなのだ。

『嫌ねえ。嫌がらせなんかで、あるわけないでしょ』

いや、普通ならそうだろう。しかし……。

『よくお礼言っといてね。ああ、ドライフラワーの作り方でも勉強しようかしら』

後半は、まったく芹にも乙文にも関係のない独白だ。芹はきりよく会話を終わらせた。

携帯をテーブルに戻すと、部屋はしんと静まり返る。エアコンの回る音が、かすかに耳をくすぐるのみ。

どうも納得いかない。

母の声が、脳裏に再生される。キヨちゃんからお花いただいちゃった。

あの乙文が、由美子に見舞いを？　しかも花を？　似合わない。まったくもって、似合わない。

——いや、そういう問題じゃなくて。

どうして乙文が、そんなことをしなければならないのだ。あいつはだいたい、俺のかーちゃんがインフルエンザで倒れただなんてことは。

そこまで考え、そういえばと思い出す。乙文の問いかけ。母ちゃんは元気か、とたしかに昼間訊《き》かれた。

でも、入院したことを知ってはいても、なぜ花を贈るのだ。生きてんの？　とか、ことと次第によってはシャレにならないような言い方をしたくせにだ。

よくわからなかった。たしかに由美子は、大手出版社に勤め、女性向けファッション誌の編集長職にある。そういう意味では、「É-スタジオ」とは関わりもあるし、乙文と面識があっても不思議ではない。

なんら突出したところのない、平凡きわまりない学生の分際で、芹が「é-BLEU」に採用されたのは、正直なところ、由美子のコネあってこそのものだった。

揶揄《やゆ》されるのはしかたがない。だが、べつだん芹はカフェの店員になりたいと、強く希望したわけではなかった。ある日由美子から電話がかかってきて、『あなた、コンビニのバイトは続いてるの？　いい話があるんだけど。え？　カフェの店員よ。時給はね――』と畳みかけられたのだ。

芹が強く惹かれたのは、その時給だったことは否定できない。

それに、衛藤さんとも出会っちゃったし……。

母から打診されたことだし、とりあえず、という姿勢で面接に出向いた。そこで、めちゃくちゃタイプな大人の男と遭遇した。今となっては、岩にかじりついてでも、「é-BLEU」の仕事は辞められない。

面接の時の衛藤の話では、「É-スタジオ」所属のタレントたちが気軽に足を運ぶ環境にある店なので、アルバイトといえども身元のたしかな学生にきてほしかったそうだ。

『それに、この四月から、うちのヒヨっ子たちに社会勉強させることになってね。同年代のコがいいんじゃないかとも思い』

言って、サングラスの奥の目が、なにかを見極めでもするように、じっとこちらに注がれたから、心臓が喉元《のどもと》までせり上がってくる錯覚さえおぼえる。

一目惚れじたいは珍しいことではないけれど、こうまで心を鷲摑《わしづか》みにされたのは初めてだなと思った。

たしかに縁故採用には違いないし、それに関しては言い返す言葉もないのだが、自覚している者を砂利で打ち払うみたいな言い草もないだろうと思う。乙文清親の、くっきりとした二重瞼《ふたえまぶた》の目。絶妙なさじかげんでカーブを描く鼻梁《びりょう》。やや厚めの唇。

ワイルドという形容がぴったりのルックスなくせに、意外と細かい奴。

「……そうだよ、小姑《こじゅうと》みたいにコネコネって」

呟《つぶや》き、芹はいつのまにかせばまっていた眉の位置を元に戻した。乙文のことなんか長々考えたせいで、すっかり険しい顔になっていたようだ。

結論は出なかったが、由美子が嘘をついているのでない限り、見舞いの件は事実なのだろう。なら、息子としては礼を言わないわけにもいかない。そう思っただけで、気が塞《ふさ》いだ。

## 2

乙文は大口を開け、こんがり焼き色のついたパニーニにかぶりついた。

エビとアボカドとタルタルソースを挟んだそれは、かなり大ぶりなサイズなのに、乙文ときたら三口ぐらいでたいらげそうな勢いだ。

「――ん。旨《うま》い。平岡の奴、腕を上げやがったな」

言っていることは、年上のマスターに対し失礼極まりないのに、いかにも嬉しそうな顔を見ると、非難していいのかわからない……横目に乙文を捉《とら》えつつ、芹は自分のぶんのランチバッグを開けた。

特注のクラフトボックスは、「é-BLEU」名物のランチバッグ。持ち帰り用だが、同じビル内ならデリバリーも行う。パニーニやバゲットサンドなどの主食に、レタスで巻いた細切り野菜のサラダ。デザートはカロリーを抑えたクリームブリュレが定番で、日替わりのもう一品。ショートサイズの呑み物がついているが、料金プラスでミディアムにもラージにもチェンジすることができる。

乙文の希望は、ラージサイズのアイスストロベリー・オ・レだった。乙文のくせに、やけにかわいい注文だ。

「失礼だろ、マスターのこと、奴とか……」

その口の端に、卵の黄身がくっついているのを指摘するべきか否か。

つい真剣に考えてしまい、それを気取《けど》られぬように留意すると、思いのほかそっけない声が出た。

「奴は奴だよ」

と、乙文は動じない。

「タメだしな」

「ええっ。マスターとキヨが!?」

芹は仰天した。

「どういう意味のびっくりだよ」

剣呑《けんのん》な視線が巡ってくる。

「いや……」

あきらかに平岡が老けすぎなのであるが、上司をくさすような発言は憚《はばか》られる。芹は口角を心もち上げ、危機をやり過ごした。

――が、それは失敗に終わった。いきなり伸びてきた長い指が、ぶにっと芹の頬《ほお》を摘《つ》まん

だためだ。

「っ！」

思わず飛び上がってしまったのは、突然頬を抓《つね》る、という奇襲が運ぶ衝撃というよりは、他人から——男から、予告なく触られたことへの動揺の表れだった。芹は反射的に、その手を払いのける。

そうしてしまってから、はっと我に返った。

見開いた目の中いっぱいに、心外そうな乙文の顔が広がる。

「冗談だろ……」

やはり気を悪くしたふうに言った。

「そっちが、急に触ってきたりするからだ！」

そうなると、悪かったという思いなど霧散して、どうにか己の正当性を主張したがる、意地っ張りな性格がもろに出てしまう。

で、その後はなんとなく気まずい。

「——いいけどよ」

乙文は視線を正面に向け、呟いた。

芹も自然と、同じほうを見やる。初夏の屋上、真っ昼間。陽気はまだそれほど過酷なものでもなくて、貯水槽の陰にいる分には心地いい。

だがそもそも、なんでこいつと並んで、飯食ってなきゃならないんだ。

気まずさが呼びこんだかのように、理不尽な現状に対する不満がもくもくとわいてきた。

電話でさらっと礼を言って、それですませるつもりだったのに。

三コマ目が休講になって、昼休み、芹の足は自然と「é-BLEU」に向かった。今日はバイトのシフトはバータイムのはじまる七時からだったが、大学に近い場所にあることも手伝って、暇ができるとつい、「é-BLEU」に赴いてしまう。

もちろん、衛藤と顔を合わせる「偶然」を求めてのものだ。しかし、ことはそううまくは運ばない。衛藤は芸能プロダクションの他にも、さまざまな会社を経営しており、忙しい身であるとは、今知ったことではなかった。

それに、由美子から受けた命もある。乙文に花の礼を言うこと——芹自身ではなく、由美子になりかわって、というていは死守して——でも、ともかくなんらかの謝意を表さないわけにはいかない。

そんな義務を背負って、「é-BLEU」に顔を出した後、六階を覗《のぞ》くと、そこには衛藤はおらず、空きデスクに足を載せた乙文が、じろりと視線を巡らせてきたのだった。ずいぶんと出世したようである。

『なんだよ、今日は夜からじゃねえのか』

——よく、ご存じで。

たしかに芹のシフトは、月曜から水曜までは午後七時から十一時まで。午前中に講義が終わる木曜日は、ランチタイムの十二時からティータイム終了の六時までの早番。そして、金曜は七時から三時の閉店までバータイムとなっている。夜にはバーに変身する「ê-BLEU」は、少しだけ大人の世界を芹に見せてくれる。まあ、刺戟《しげき》が強いともいうか。常連客で回っているようなランチやティータイムに比べ、漂う空気が法外に濃い。

そんな芹のスケジュールを、この男が把握しているとは思わなかった。少なからず引きながらも、由美子からの感謝の意を届ける——居場所をつきとめ、乙文のマネージャーに電話する、というめんどうが省けたのはありがたくなくもない。本人に直《じか》に言うほうが、ずっと手っ取り早い。

なのに、通り一遍な謝意を伝えた芹に、なにを勘違いしたのか、

『そんな殊勝な気があるんなら、昼飯で手を打ってやる』

乙文は傲然と言ったのだった。

は？　芹は耳を疑った。乙文は、それが当然という顔つきでいる。

冗談でしょ、とも言えない。しかし母への見舞いをもらったことで、なぜか自分が恩を着せられている、その理不尽さに対する抵抗感は否めない。なんでそうなるんだよ。

思いつつ、変なところで律儀《りちぎ》な常識人。芹には、その要求をはねつけるすべがなかった。いや、たとえすべを知っていても、実行するだけの胆力が不足していたというか——どのみ

ち、従うしかない。

結局、「é-BLEU」でランチバッグを二つ買い求めることになる……連れ立って昼食を摂る気などさらさらないのに、乙文はまたあたりまえみたいに、「上で食おうぜ」と天井のほうを指でさした。

そんな気づまりなランチタイムなんか、まっぴらごめんだ。

……とも、やはり言えず、芹はしおしおと乙文の後について階段を上がる。「É-スタジオ」のオフィスとして機能している六階のフロアからなら、非常階段を使うほうが速い。温まった鉄製の段を、乙文のごついエンジニアブーツの底が、カンカンと鳴らしていった。芹には、陸上のトラック競技において、最終周に入った時に鳴らされる、あの鐘の音に聞こえる。あと少しの辛抱《しんぼう》だ、がんばれ。

「さっきの話だけど」

静かにパニーニを少しずつかじっていると、乙文のほうから沈黙を破ってきた。

芹は視線だけを相手のほうに追いやる。

「ってか、おまえってほんと、小動物っぽいよな……」

本題はそれではないだろうに、乙文は急に主旨を変えたように目を細める。しげしげと眺められれば、落ち着かない気分になる。

「なんでだよ。小動物って、ひとをハムスターみたいに」

たしかに、乙文とは十センチ以上も差があるが、芹の身長は百七十三センチと、同い年の男の平均以下ということはないはずだ。

かといって、モデルをやれるような長身にも生まれつかなかったわけだ……。なんとも中途半端な残念仕上げ。

「俺からすると、ハムスターよりカワイイって感じかな」

「！」

背中に氷柱《つらら》でも差しこまれたみたいな感覚に、芹は坐っていながら跳び上がらんばかりの勢いで動揺した。

「え、衛藤さん……」

「なんだよ、おまえいたのかよ」

不満のあまり敬語も忘れたらしい乙文には構わず、衛藤は芹に向かってにっこりする。

「仲間に入れてもらえるかな？」

上げた手には、芹たちと同じ、クラフトボックスがあった。

「あ、ど、どうぞ。もちろん、どうぞ！」

焦《あせ》るあまり、ハイテンションで大歓迎してしまう。そして、そこどけよ、という気持ちで乙文を睨んだが、乙文は乙文で知らん顔である。この状況で、知らんふりでいられる胆力にまず、驚くが、そういう男であるとも知っていた。

芹は動いて、衛藤を二人の間に入れるべくスペースを作った。だがなんということか、乙文も芹といっしょに動いたのだ。自然ななりゆきにより、衛藤は乙文の隣に腰を下ろすことになる。芹としては、絶対に避けたかったフォーメーションだ。せっかくの衛藤が、乙文越しにしか見えない。

しかし、所属事務所のトップに対し、乙文はまたなんという態度と言葉だろう。いくら若手俳優として日の出の勢いといったって、雇われている事実は事実だろうに、だ。

もしかすると、この二人の間には、なにか特殊なつながりでもあるのか？

突然巡ってきた、その疑問に、芹の背筋はさっきとはまた違う感じでぞわりと震えた。

「今日は、大学のほうは大丈夫なの？」

乙文の向こうで、衛藤は、パニーニにかぶりつく。乙文とどっこいどっこいの豪快な所作なのに、まったく異なった印象を与えるのは、品性の問題だろうか、と、芹は勝手な理屈をつけてみる。乙文が知ったら、気を悪くするに違いないが、口にしなければばれやしない。

事実、衛藤の所作はどこかしら優雅だ。

「は、はい。ちょうど休講になってて」

緊張しつつ答えると、キヨ、と衛藤の関心はすぐ乙文に移ってしまった。哀《かな》しい。

「今日はCXで収録じゃなかったのか？」

乙文は、テイクアウト用のプラタンブラーを手に、

「バレメシ」

一言だけで、中身を呷った。

「お、なんか可愛いの呑んでないか？」

衛藤が首を伸ばしてタンブラーの中を見ようとする――つまり、芹の視界にぐんと入ってきた形だ。

眼下に衛藤のつむじが見える、という不測の事態に、ただでさえ妖《あや》しかった心音が不規則なリズムを刻み出す。芹は焦って、目を逸《そ》らした。挟まれた乙文が、そんな芹をうさんくさそうな目で見ているのに気づく。目が合う。あ、なんか嫌な感じ。

「ただのイチゴミルクだよ」

「可愛いじゃないか」

「コーヒーは口ん中が臭くなんだろ。午後からキスシーンあるからな」

え、と芹は乙文を二度見した。

「というと、ルナちゃんと？」

「羨《うらや》まれたって、代わってやらないぜ」

「代われなんて言ってないし」

衛藤は大口を開けて愉快そうに笑う。不思議な磁場を生む、衛藤特有の笑顔に、芹の胸の奥がきゅっとすぼまる気がする。痛くて、だが泣きたくなるような、幸せで切ない気持ち。

その余韻に浸っていたかったのに、

「ルナちゃんとラブシーンかあ。いいなあ」

やっぱり羨ましそうに衛藤が言って、芹のテンションは急激に下降線を描《えが》いた。そりゃまあ、そうなりますよね、普通の男なら。石蕗《つわぶき》ルナは、売り出し中の新人アイドルで、たしかまだ十代だったはずだ。

「——気の毒だな。いくら仕事でも、おっさんとキスなんて」

皮肉が口を衝《つ》いたのは、なんでなのだろう。

「は？　誰が加齢臭撒《ま》き散らすオヤジだって？」

あんのじょう乙文がつっかかってきて、芹はよけいなことを言ったと後悔した。しかし、嫌味を言おうと思ったから言ったのではなかったか。

それがなぜかなんて、わからないけれど。

「加齢臭とまでは言ってない」

衛藤にフォローされたのは、怪我《けが》の功名《こうみょう》というべきだったかもしれない。

「言ってないのに自分から口に出しちゃうってことは、キヨもそこ、気にしてるんだ？　こう見えて」

「どう見えるんだよ。って、ぜんぜん。気にするわけないだろうが、仕事だよ。ていうか、よりオヤジな奴に言われたかないね、オヤジ」

「二度言わなくても自覚してますから、わざわざ教えてくれなくていいですよ、オトメ」

「オトメって言うな、タンキチがよ」

だんだん、小学男子レベルの言い合いになってきた。

衛藤が乙文をオトメと呼ぶのは、悪口というほどではないだろう。実際、乙文の名を初めて見た時は、「オトメ」だと芹も思ったのだ。ヘンな名字。

対するにタンキチというのは、三年前に衛藤が胆石《たんせき》を患《わずら》ったことから派生した、乙文限定のあだ名らしい。あだ名とはいえ失礼じゃないかと思う。プールで溺《おぼ》れた奴に、ドザエモンと命名するみたいな無神経さ。

が、たまに彼らはそうやって互いをくさし合う。口論までもいかない、それこそ小学生レベルの刺し合いだから放っておけ、と、「E-スタジオ」のデスクである吉田《よしだ》は言う。しかし芹にとって重要なのは、彼らが刺し合うというよりじゃれ合っているふうに見えることだ。

いや。それもただの的外れな嫉妬だ。彼らがゲイなら気になるが、芹の見立てでは、乙文はバイかもしれないが普通に女好きで、衛藤は……衛藤のことはよくわからない。しかし、少なくとも同類の匂いはしない。

そんな両者が、自分抜きでふざけ合うのまで妬《ねた》んでいたらきりがない。そう思うのに、押し寄せる疎外感に、芹の視線は下へ下へと落ちていく。衛藤と乙文の間に、第三者には割って入れない特別な親密さがあると考えるのは、ゲスの勘ぐりというやつか。ただの思い過ごし、ではないのだろうか。

突然、つむじが重くなった。

と思うと、大きな手で頭ごと摑まれ、伏せていた顔を半ばむりやりに上げさせられる。

乙文の顔が、すぐ間近にあって、芹はぎょっとした。

「そんな、目を皿のようにして探したって、小銭一枚落ちちゃいないぞ」

「──は？」

「この吝嗇《けち》なタンキチくんが、毎朝金属探知機片手に隅から隅までチェックしてんだからな」

「おいおい。勝手にエピソードを捏造《ねつぞう》するなよ」

衛藤のあきれた声。

「一瞬でも信じてませんから」

どうしたって、芹の判定は衛藤びいきになる。

すると乙文は、フンと鼻を鳴らしてそっぽを向いてしまった。すいと腕が伸びてきて、芹の額を衛藤がつつく。

「っ⁉」

飛び上がりそうになるのを、理性を総動員してなんとか抑え、芹は衛藤を見た。

「……僻《ひが》んでるだけだから」

ないしょごとを打ち明けるみたいな、ひそやかな声だった。

そこに特別な意味を見出《みいだ》してもいいのだろうか。埒《らち》もないことを考え、そんなわけないよな、と却《かえ》ってへこんでしまったのは、なにも衛藤のせいではない。

それでも、鷹揚に笑うその人の顔を見ていたら、恩を着せられてよかったとすら思う。決して感情的になったりしない、懐の深さと寛容な心。大人なんだと、あらためて感じた。

「んなわけ、ねえだろ」

一足先に衛藤が去り、大人だなあという芹のつぶやきを、乙文は真っ向から否定した。

「ああ見えて、実はけっこう腹黒いんだよ」

「それこそ、そんなわけないだろ」

衛藤からそんなものを感じるなら、それは乙文自身の邪悪さのせいだ。

「おまえは知らないからだよ。つきあい長くなるとね……まあ、たいていの人間はおまえと同意見なんだろうけど」

俺だけは知っている、といわんばかりの乙文に、ますます反撥《はんぱつ》をおぼえて睨む。いったい、何を知っているのだ。

乙文はひょいと肩をすくめ、

「クールでクレバーなニヒリスト。俺から言わせると、そんな奴さ」

やはり衛藤のイメージからは遠い形容詞を、ずらずら並べ立てた。

「俺には、そういうふうには見えないけど」

「ま、見たいものだけ見てればいいさ。それでおまえが、幸せならな」

なんとなくはっとして、芹は乙文の、男らしく整った顔を見た。

野性味のあるルックスのわりに、やっぱり細かい奴だと思う。


六時を少し過ぎて、仕事を上がった芹はバックヤードに向かった。木曜日は早番。アルバイトは午後十二時から六時までである。

ロッカーの前で着替えている時、ふっと気配がして、一つ置いた隣のロッカーを、瑞元《みずもと》が開けていた。

声をかけたものか迷うが、どうせ向こうからつっかかってくるだろうと予想する。

予想した瞬間、その視線が芹を捉えていた。

「――いっつも幸せそうだな、あんた」

今日の責めポイントは、そこか。思うも、非常に返すのが難しい一言である。肯定しても否定しても、さらなる嫌味を呼びこんでしまうだろう。

「無視とか」

結局はスルーした芹だったが、その三番目の選択肢にも、つっこむ余地があったらしい。

「いや。ちょっと疲れてて——」

「ふん。早番なんてそんな大変でもないだろ。バータイムとは比《くら》べものにならないし。酔っぱらいはいるし、ミーハーどもはぎらぎらしてるし」

言いながら、瑞元は手早く着替えていく。白いシャツに黒のボトム、黒のギャルソンエプロンと、身につけるものは同じなのに、自分とはまったく違うテイストに仕上がるのはなぜだ。

疑問を差し挟む必要もない。素材に差がある。それだけのこと。

若い子に社会勉強をさせる、と衛藤が面接時に語ったとおり、「é-BLEU」には、「É-スタジオ」の若いモデルがウェイターとして入る。スケジュールの都合上、カフェタイムにいることは少ないが、閉店までのバータイムには、おおむね日替わりで新人モデルが常勤している。

芸能プロダクションに所属しているぐらいだから、ルックスが優良なのは言うまでもない。加えて、バラエティ番組隆盛の昨今、トークと反射神経も要される。

それらを接客によって磨くというのが、衛藤の言う「社会勉強」だったが、デスクの吉田によれば、狙いはもうひとつあって、女性客の多いバータイムにまだ馴染みの浅い新人たちを投入することによって、彼女らに認識してもらうことを衛藤は期待しているらしい。「É-スタジオ」の新人の誰それがかっこいい、という評判が口コミで広まったり、ブログやツイッターなどネット世界から名前が浸透していけば、CMやドラマのオーディションで有利になる。それでいて、まだ目立った仕事はしていないから、フレッシュさを求めるクライアントにも喜ばれる、というわけだ。たしかに、よく練られた戦略である。

芹が早番の木曜日には、七時から閉店まで新人モデルの瑞元が入る。芸名はGLASSで、胸の名札にもそう記されている。本名はなんというのか知らない。たしかまだ十九歳のはずなのだが、「早生まれだから」という、弁解になっているんだかないんだかわからない理屈をつけて、本人自らバータイムに立候補したらしい。

そこだけ聞けば、やる気まんまんのエネルギッシュな若手、みたいにも思えるが、実際には瑞元からそんなアグレッシブさを感じたことはない。仏頂面《ぶっちょうづら》、といって悪ければアンニュイな雰囲気が基本であり、いつ見てもむくれたような顔をしている。

もっとも、それこそガラス細工のような繊細に整った美貌には、その態度がもっとも似合うだろうと思う。ほかの態度だった時を見たことがないので、知らないけれど。

身長はさほどでもないが、それでも芹より五センチは高いだろう。華奢《きゃしゃ》な骨格といい、どこか中性的なところが魅力になっているのはわかる。いわゆるツンデレなキャラクターが、ある種の人間には強くアピールするらしく、木曜のバータイムは服装やメイクなど、似たような雰囲気の女客が妙に多いという話だ。まだデビューして半年だそうで、特に大きな仕事はしていないが、そのうちきっと、頭一つ抜けていくだろうことが今から予想できる。容貌そのものに加えて、華というやつがあると、素人《しろうと》の芹も感じる。

しかし、入って半年なら芹とは同期といってもいいのだが、あいにく瑞元のほうでは、仲間感覚、ゼロらしい。

つんけんするのが身上のツンデレだから、という部分を差し引いて考えても、芹への冷ややかな態度が他の誰に対するより顕著だと思うのは、気のせいだろうか。

芹が上がる頃、入れ替わりで瑞元がやってくるから、どうしたってバックヤードで顔を合わせることになる。

他の新人くんたちは皆、フレンドリーで愛想よく、同世代の気やすさも手伝ってか、二言三言ぐらいは普通に交わすし、時には五分ほど話しこむこともある。

それが、瑞元に限り、いっさいない。挨拶もなしに、そのくせ必ず嫌味な一言というやつを一方的にぶっ放し、すいっとフロアのほうに消えていく。残された芹は、いつでも嫌な気持ちを抱えたまま帰途につくことになる。まあ、五分ほどすれば、そんなことはすっかり忘れてしまうのだが。

嫌味の内容は、私服がださいとか、頭悪そうな顔だとか、その都度《つど》違う。私服に関しては、決しておしゃれなほうではないと自分でも思うからいいとして——いや、よくないが、見た目をうんぬんされても、もともとの造形が違うのだから、そりゃおまえとはものすごい差があって当然じゃないかとしか、しかも心の中でしか、返せないのだった。

そして今日は、「いつも幸せそうだな」ときた。

それは、よほど悩みがなさそうに見えるということか。

悩みがないはずはないだろう。しかし、そう見えることを瑞元に禁じる権利は、芹にはない。

「ガラスは幸せじゃないのか」

いつになくむっとしたので言い返すと、きれいな弓形の眉がキッと跳ね上がる。

「ガラスって呼ぶなっつってんだろ！」

「え」

いや、今初めて呼んだのだが——芹はぽかんとして、いつもより五割増しな険を孕《はら》んだ顔を見上げた。

「でも、ガラスはガラス……」

言いかかる声を遮るように、瑞元はものすごい勢いでロッカーのドアを閉めた。ロッカー全体が震動するほどの激しさである。芹は当然、おののいた。

「じゃ、瑞元くんって言えばいいのか？」

それでも、ずかずかとバックヤードを出ていく背中に声をかけると、

「どんな名だろうが、おまえになんか呼ばせてやらないから！」

なんとも俺様な答えが返ってきた。

芹はしばしそこで、あっけにとられていた。次いで、いくつもの疑問符が頭に浮かんでくる。

ガラスと呼ぶなというからには、瑞元はその名前が嫌いなのだろう。

それはわかるが、呼ばれたくもない名前を、なんでネームプレートに記して胸につけているのか。

芸名が気に入らない。まあ、そういう可能性はある。だがあの性格で、気にくわない芸名を受け入れるとは思えない。瑞元のルックスなら、引く手あまただっただろうし、そんな名前をつけてくるような事務所なら、辞めてよそに移ったってやっていけるはず。

それとも、ガラスと呼ぶなというのは、芹限定での規制なのか。

なら、よくよく嫌われたものだと思う。どうして嫌われているのかは知らないが。うちとけてきた他の曜日の誰かに問えば、わかるのかもしれない。だが、流れで陰口を叩くようなことになるのは嫌だ。木曜の午後六時ごろに苦手な相手とすれ違う。その一分足らずの間、空気になればすむ話。

翌週の同じ日、一時半近くに、「Ｅ-スタジオ」から電話で、コーヒーとケーキのデリバリー注文が入った。芹は早番で、忙しいランチタイムを過ごしていた。

濃いめのモカをブラックで、というならオーダー主は衛藤だ。他の三人のうち、一人は吉田だろうと、平岡の書いた伝票を見ながら見当をつける。

衛藤の好みは甘さを抑えた、軽いケーキ。日替わりシフォンが、今日はちょうどモカフレーバーである。

フレッシュなホイップクリームを添え、四組のケーキセットを二段になったケースに収め、芹は裏手にある業務用のエレベーターに乗りこんだ。アルバイトに入った当初は、おっかなびっくりだったデリバリーサービスも、三か月を過ぎて馴《な》れてきた。

「こんにちはー、『é-BLEU』です。毎度ありがとうございます、ご注文の品お持ちいたしました」

六階にある「É-スタジオ」のオフィスに足を踏み入れながら声をかけると、奥の席から吉田嗣《つぐ》実《み》が立ち上がった。

「お疲れさま。ええっと――」

「アメリカンワン、ラージ。これは吉田さんですよね」

入口のカウンターにケースを置き、芹は伝票を確認する。

「お、覚えていただけましたか」

吉田はセルフレームのメガネをひとさし指で押し上げながら、カウンターのほうに歩みよってきた。

「ええ、毎度のことですので」

「ごめんね、いつもデリバリーさせちゃって」

「いやいや、こちらこそいつもありがとうございます……こちらのほうは、応接室ですか？」

見たところ、オフィスには吉田一人しか残っていないようだ。ふだんはもう少し社員がいるのだが、いずれも長すぎるランチタイムを楽しむタイプ。出ていったきり、帰ってきやしないらしい。

「そう。手伝うよ」

「いや、そんな」

「いいからいいから」

恐縮する芹をよそに、吉田は自分用の大ぶりのカップとケーキを受け取ると、ケースの上段をさっと外して抱える。

デスクという立場もあるのだろうが、スクエアな黒縁メガネを愛用している吉田は、根が真面目《まじめ》なたちらしい。時間は守られるためにある、が持論の男。

かといってお堅いわけでもない。特に忙しくもない時間帯には、七階のAVルームでDVDを鑑賞していたりする。そこにコーヒーを運んだことがあるから、芹は知っているのだった。

応接室のドアを、吉田がノックして、片手でケースを支えながら開く。

グレイの濃淡でまとめられた、シックな内装の部屋である。イタリア製だという、見るからに高級そうなソファセットに、二対一で向かい合っている。衛藤が正面に坐り、芹からは背中だけしか見えない二名が、客らしかった。

衛藤の顔を見て、芹は体温が二度ぐらい上昇したように感じる。手が震えて、ソーサーの上でカップがカタカタ鳴った。

そんな芹に、衛藤は微笑《ほほえ》み、口角を上げてみせたが、

「――で、乙文のスケジュールのほうなんですが」

今まで行われていたらしい打ち合わせに立ち戻る。乙文の名に、芹は視線を上げたが、衛藤はもうこちらに注意を向けることなく、商談を続けた。

「CXのプロデューサーさんたち」

応接室を出た後、吉田が教えた。

「――乙文、さん、またドラマ決まったんですか」

「乙文でいいよ、キヨだし」

と笑う吉田の中で、乙文はどんな位置付けなのだろう。

「来年七月期の月9。主演だって」

「……すごい」

民放の看板枠のドラマである。知名度が高く、従って視聴率のとれる人気俳優しか出演できない、ぐらいのイメージは芹にもある。

しかし、芹が「すごい」と口にしたのは、連続ドラマの出演者というものが、一年前には決定しているという事実のほうに向けてのものだった。

「まあ、改編期じゃないし、視聴率とりにくい夏クールだから、お試し？　主演でどこまでやれるかっていう。ステップを一段上がった程度のことだよ。もっと大物なら二年前から決まることもざらだしね」

と、吉田は芹の反応を、「月9主演」に対してのものだと誤解したまま続ける。

「…………」

「あ、改編期っていうのは、四月と十月からのクールのこと。バラエティ番組だって、終わったり始まったりするのは、だいたい春と秋じゃない」

「はあ」

生返事になったのは、芹が目にするテレビ番組といえば、朝のニュースか深夜帯にほぼ固定してるせいだ。深い時間のバラエティはゆるく、しかも長く続いている番組が多いような気がする。

「ドラマっていえば、GLASSのほうも決まりそうなんだよね……」

「そうなんですか」

瑞元のことには、特に興味がない。

「こっちには食いつかないね。セリちゃん、反応が如実すぎるだろう」

吉田はとうとう、爆笑している。芹は動揺をおぼえ、しかし「すみません」としか言えない。

職場に戻るエレベーターの中で、芹は衛藤のことをぼんやり考えた。

口角をきゅっと上げた無言の笑顔は、にまっと、と表現するのがいちばんぴったりくる。そんな擬音は存在しないが、「にまっ」という音が聞こえてくるような、ちょっとふざけた感もする表情。

それを、特別の好意と解釈するほど、芹もおめでたくはないが、しかし向けられれば胸がざわめく。百パーセントないのは承知の上で、自分だけに見せる顔、と錯覚してしまう――いや、錯覚してもいいのかな、ぐらいの気持ちにはなってしまう。

どのみち、叶わないことはわかっているし、今まできちんと恋愛が成就したためしのない芹にとって、片思いなんてあたりまえのことだった。今回が格別辛《つら》いなんていうことも、ない。

そうは思うのに、賢《さか》しらに決めつけ、はなからあきらめている自分は、なにかから逃げようとしているみたいで嫌だった。なにかから……当たって砕けよう、という覚悟、からか。

ふと、吉田の言葉が脳裏に蘇《よみがえ》った。反応が如実？　瑞元のことはどうでもいい、というのは事実にしても、その前、乙文の主演ドラマが決まったというほうだって、芹にはどうでもいいことのはずだ。

なのに、違った反応をしていたのか。乙文の、傲岸《ごうがん》そうな顔つき、食いつくなんて、ありえない。吉田はなにか、誤解をしている。

## 3

昼食時の学食は混み合っていて、二基ある券売機には、どちらも長い行列ができている。なんとか食券を手にしても、次にはカウンターに並ばなければならず、待ち時間は長い。

A定食の券を握りしめ、しだいに近づいてくる順番を待つ芹の背後で、女の子たちのざわざわいう気配がしている。

嫌な予感をおぼえた瞬間、後ろから「辻沢くん」とあんのじょうな声。

「あ、どうも……」

見知った相手だった。語学やゼミのクラスメイトではないが、法学部は女子の数が少ないせいか、芹も顔を覚えている。

「ねえねえ、辻沢くんて、『E-スタジオ』でバイトしてるんだって？」

そんなところに斬りこまれるとは予想外だった。芹はとっさには返答できず、

「いや。そこじゃなくて、同じビルの、一階のカフェ」

ようやく答えた時、芹の順番がきた。

「はい、A定、お待ちー」

学食のおばちゃんが、威勢のいい声とともにトレイを滑らせてくる。

「たくさん食べるんだよ？　今日の唐揚げは、特別柔らかいからね」

なぜだか芹は、見知らぬ相手からよく声をかけられる。

学食のおばちゃんは、こちらも顔を知っているので、見ず知らずというわけではないが、おばちゃんはすべての学生に声をかけているわけではない。

そして今、背後に控える彼女たちも、気軽な様子で話しかけてきた。

「だって、そのカフェだってイースタの直営店なんでしょ？　タレントが出入りしてるんでしょ？」

どうやら、逃がしてはもらえないみたいだった。やっと手にしたトレイを持ち、席を探す芹に並んでくる。

「テラス席、とってあるから」

学食の一隅を指す。ガラス張りのサンルームを、学生たちはテラスと呼んでいた。カフェテリアには、本物のオープンテラス席もあるが、この時期、外には出たくない。

「ねえねえ、じゃ、オトメとかもくるの？」

四人掛けのテーブルに落ち着くと、いきなり実名出しのダイレクト攻撃である。

「……乙文さんなら、接客したことあるけど」

「えぇー？　いいなー。生オトメってどんな感じ？」

「どんなって……」

感じなら悪いですよとも言えない。ひとを食ったようなうすら笑い。

いや、言ってもいいのだが、そうなると自分がただの「イケメンにむやみに嫉妬する一般人」と認定されそうで口には出せない。一般人には違いないが、乙文に嫉妬などしていない。

「背が高いよ」

考えた末に言うと、色のついた笑い声が、ガラス張りの吹き抜けにこだました。

「見たまんまじゃん！」

「そりゃ背は高いよねー」

「見ればわかるよね」

三人組は、けたたましく言い合う。じゃ、訊かなくてもいいじゃないかと思うが、彼女らの求めるものがそういう感想ではなかったこともわかる。

「……普通にカッコいいけど」

あまり認めたくはないものの、外見が特上なことには違いない。

「そりゃカッコいいさー」

こちらのほうも、言わずもがなだったらしかった。不毛だ。何を言えば喜んでいただけるのだろう。

「ねえねえ、オトメって、どんなの注文するの？」

そういう質問に対する答えなのだろうか。

「え、普通に……テイクアウトとか」

「テイクアウトもやってるの？」

話が逸れる。

「ランチバッグ限定だけど」

芹は、その内容について説明した。しかも、同じビル内限定でもあるけれど。

「うわあ、オッシャレー」

「さすがイースタ直営カフェ」

「スイーツを口にするオトメ……萌えー」

口ぐちに勝手なことを言う。これだから女子は……芹は辟易《へきえき》したが、それよりも、オトメ呼びをいくら嫌がっても、世間ではナチュラルにオトメと呼ばれている事実に意地悪な喜びがこみ上げる。乙文の顔を思い浮かべ、ざまみろと言ってやった。

「ね、今度写メ撮ってきて。待ち受けにするから」

「写メって……普通に店にくればいいんじゃ？」

「無理ムリー、そんなの」

芹の忠告を、彼女たちは即断で却下した。

「うちら一般人には、敷居の高いお店でございます」

「いや、働いてる俺も一般人だし、マスターもそうだし」

「でも、辻沢ママって、『CRISTA』の編集長さんなんでしょ？　立派なギョーカイジンだし、あたしたちとはあきらかに違うじゃない」

母親がギョーカイジンなら、息子もギョーカイジンって、それどんだけ大雑把《おおざっぱ》な括《くく》りなんだ……思ったが、それでも私は一般人ですと言う必要もないか。芹は定食の漬物をぱりぱりと噛んだ。たかがカフェに入る勇気もない奴は、想像とか妄想だけで満足していればいいのだ。

それは、冴えない片思いをしている自分にこそ向けるべき言葉だろう。口の中でぬるくなっていく、黄色いたくあん。

「そういやオトメって、うちらの先輩だって知ってた？」

最初に声をかけてきた彼女が、話を変えた。

「え、先輩って？」

「だから、同じ大学。商学部だけど」

「――そうなんだ？」

初耳だった。乙文から大学名を問われたことは、あっただろうか。なんだかんだとからまれすぎていて、具体的な会話などひとつも記憶していなかった。

「大学に入ってすぐに、イースタにスカウトされたんだよ」

「そ、そうなんだ」

さっきとは、また違ったニュアンスで同じ言葉が出る。その頃ならまだ、衛藤は社長ではなかったはずだ。「E-スタジオ」は衛藤がたち上げた会社ではなかったのか。

箸が止まる。べつに、乙文のデビュー秘話などに興味はない。どうでもいい。

そう自分に言い聞かせようとしても、その昔、たとえばはじめて乙文が衛藤と出会った時は、二人は互いをどう思ったんだろうとか、考える必要もないことで頭をあふれさせることは止まらない。ほとんど妄想。そして、ひるがえって一生、そんなぱっとした話とは、無縁である自分。つまり、今の衛藤にとって一円の価値もない現実。

そんなのは、いまさら知ったわけでもないし、打ちのめされるようなことでもない——なのに、やっぱりへこんだ。どうして自分は、こんなしょうもないルックスに生まれてきたんだろう。あげく、ゲイだし。

「いいなあ。オトメも他の美形も、見放題！」

話は元に戻ったらしい。

「いや、だから……」

見られてもべつに嬉しくないと、芹は言いかけたが、

「やっぱ、コネがあるってすごいことだよね」

という言葉に遮られる。

「…………」

結局、そういう話になるのか。それにしても、いつ、どこから漏《も》れたのだろう。

芹は所在なく、目を瞬《しばた》かせた。やだ、と対面の彼女が照れたように手を振る。

「やっぱかわいい」

「は？」

「なんか、小動物的愛らしさだよね、辻沢くんのかわいさって」

芹は啞然《あぜん》として、うつむいた一人と、うなずきあう残り二名を見つめた。

自分は「é-BLEU」では場違いすぎて気がひけるほどなのに、そんな自分も、彼女たちからすれば、別世界なのだ。そう理解すると、ゼリーの上に立っているような足場の揺らぎをおぼえる。一般人ではなく、かといって選ばれし者というわけでもない。あやふやな、このポジション。


三コマ目が終わり、芹は次の授業に向かうべく、遊歩道を歩いていた。

マンモス校で、教室だけで十二棟まである。それだって、校舎が首都圏で三つに分散されており、実際、三年からは芹の通学先も変わる。このキャンパスに通うのは、二年生までだった。

ポプラの木立を抜けていきながら、上げた視線がはっと止まった。

前から歩いてくる人影に、ものすごく見覚えがある。

というか、さっきの学食でのひとこまがなければ、なんでここに奴が、と混乱したに違いない。

「よう」

乙文は、芹の目の前までくると、にやりと笑って手を上げてみせた。

「奇遇だな」

「……なんで……？」

ＯＢとはいえ、とうに卒業している年齢だ。大学に、どんな用事があるというのだ。

「なんでって。俺、ここの学生だったんだもーん」

ひとを食ったような笑み。

「知ってるよ……でも」

「ま、二年で辞めたけどね」

「……そうなの？」

それは初耳だ。芹がへどもどしていると、乙文は自らカミングアウトした。

「まあ、そんな感じはするけど……」

初めて聞いたが、違和感は特にない。

「そんな感じって……セリちゃんの中で、俺はどんな人間像になってんのよ」

「や、べつに」

たいそう嫌な奴でございますとは言えないが、それよりも、ちゃん付けで呼ばれたことに動揺していた。

「はー……」

「そう、気抜けされてもな」

「で、なんで辞めた大学にいるんだよ」

気を取り直して、つっこんだ。

「近くで撮影やってんだよ。昼休み」

懐かしい母校に、つい足を向けたということか。でも途中で辞めたなら、芹だったらあまり近づきたくない。

「一年の時に、スカウトされたって？」

思い出して、乙文に振った。モデルデビューのきっかけ。

「ああ、世間的にはそういうことになってるんだけどなあ……ここ、坐らない？」

先んじてベンチに腰を下ろした乙文が、空いている隣のスペースを指す。

便宜上、芹は言われた通りにする。

「そういうことになってる、って？」

乙文のこれまでの経緯になど興味もないはずのに、流れでそう訊ねてしまった。

「ある意味、スカウトなんだろうけどさ——」

衛藤は、どこからか喫煙セットを取り出している。ショートホープを咥《くわ》え、繊細な細工をほどこした銀色のライターで火をつけた。

「誘われたわけよ、エトーシャチョーに」

「えっ」

スカウトしたのはまさか衛藤だというのか。だって、当時は現役だっただろうに。

「その昔、エトーさんもモデルやってたんだよ」

乙文は、芹の反応を誤解したようだ。

「知ってるけど」

「でも、思いがけない事故に遭って、リタイアした」

「……知って」

「それでまあ、当時の所属事務所からのれん分けって形で独立。その際、自分が声をかけて引っ張りこんだ親戚の子を連れてった」

「え」

親戚？　耳慣れない語に、芹は目を見開く。

「イトコ。あいつの親父《おやじ》の妹が、俺の母親だから」

頭の中で、相関図がたちどころに描き上がる。四親等。だてに民法など履修してはいない。いや、それは今、あまり関係ないかもしれないが。

「要するに、手近なイケメンをスカウトした。安直だな」

自分で自分を「イケメン」と称するというのは、だいぶ大胆な行為だが、乙文に限っていえば、イケメンではないと言われたほうが、わざとらしい謙遜《けんそん》なんかしやがって、と逆に反撥をおぼえるだろう。

すんなり胸におちたのは、その言葉にいっさい自負が含まれていなかった——少なくとも芹にはそう聞こえた——ためだった。もしかすると、乙文は自分の外見を、べつだん誇ってはいないのだろうか。実は道端でのスカウトではなかった。いとこからの要請とあっては断りきれなかったとか。そんな殊勝な男とも思えないが、恵まれたルックスを武器に、芸能界に打って出ようという野心がありそうな気もしない。

とらえどころのない男だ。そう思う。せっかく進学した大学を、どんな理由で見限ったのだろう。

そう思い、どうだっていいじゃないかと否定した。自分はべつだん、乙文に興味があるわけではない……。

「——よかったじゃない。大学辞めてプーになっても、食ってく手段がすぐ見つかって。イケメンは得だよね」

反動で、つい憎まれ口が出る。言った後、嫌味だったかと芹は後悔したのだが、

「ほんとにそう。この顔に生まれてきて、ほんとに助かった」

相手は素直にうなずくから、言った自分が実に嫌な人間に思えてしまう。

とはいえ、いまさら詫《わ》びるのも恥ずかしい。乙文が気にしていないふうなのをよしとして、芹はたった今の発言をなかったことにした。

そのことで乙文に借りを作ってしまうのも、まあしかたがない。

それにしても、今日の乙文はいやに素直だ。母校を懐かしみ、まだ純粋だった頃の己に感慨をおぼえてでもいるのだろうか。勝手な想像ではあるが、そんなことを芹は思う。


「ただいま戻りました」

そう声をかけながら、芹は「ê-BLEU」のバックヤードへ入っていった。

今日はほんらい十一時までのシフトだが、閉店まで通すことに変更されている。貸し切りで、婚約パーティが行われるからだ。「É-スタジオ」に所属するモデルと、同じビルに入っている関連企業の一つ、著作権管理会社の社長。どちらも三十代の、大人のカップルである。

バーテンダーとシェフを兼任する平岡に対し、まだまだシェイカーを振ることに馴れてい

ないアルバイト。不安だが、さらに不安なことには、ヘルプで瑞元が入ると聞いていた。

パーティの開始は八時。いつものバータイムより一時間遅い。店内のレイアウトをパーティ仕様に作り変えた後、芹たちスタッフは、まかないで、取り急ぎ腹ごしらえしたのだった。ここからは日付を越えること覚悟の超過勤務。

パーティの客たちは、八時前からちらほらと集まりはじめた。

テーブルをくっつければ、十人掛けの席が二つ用意できる店内だが、今夜は三十名以上入るとあって、テーブルは片づけ、立食パーティの体裁をとっている。壁に沿うようにして、椅子も用意してはいるが、基本的に、客は立っている設定。部屋の真ん中に、メインの料理のトレイを並べ、バックヤードに近い場所には、酒を作るためのテーブルが設けられている。

芹がこまごまと気を遣わなくても、立ち行く現場だった。しかし、フロアに瑞元の姿が現れると、なんだか嫌な予感がする。

「どうも、こんばんは」

声をかけた芹に、いつもと同じ、氷点下のまなざしで応える。

その顔からは、課せられた義務に不満を持っているのか、そうでもないのかは容易に判断がつかなかった。いい意味でも悪い意味でも、変わらない奴。

「で、俺はなにすりゃいいわけ」

文字通りガラス細工の美貌を持つモデルは、平板な調子で問う。どうやら芹が、仕事の説明をしなければならないらしい。

「ええと、マスターは厨房にかかりっきりだから、現場は俺と瑞元とで回すことになる……あ、酒は俺が作るから、瑞元は主に現場にいてほしい。もちろん、料理出しやなんかは俺もやるし」

ＧＬＡＳＳとうっかり呼ばないことだけでも、ストレスフルなやりとりだ。

「ふーん。そう」

いっさいの感情を排した瞳が、見下ろしてきた。

狼狽《ろうばい》したが、圧倒されている場合でもない。

「そう。まあ、べつにいつもと変わらないから」

「──的確な自己分析をしてるつもり？」

「え」

「身のほどは承知しています、自分は地味で平凡なイッパンジンですから裏方に徹します……って、先に白旗《しらはた》揚げたほうが有利だって計算も、わからなくはないけど」

瑞元は、芹には思いもよらない理論を、ずかずかと並べたてた。

「え？　えっ？」

芹は疑問の声を差し挟んだものの、相手がなにを言わんとしているのかもわかる──という、中途半端な理解が、かえって不自然さを増したのだろうか。どうやら、雑用は自分がやるという申し出をだいぶ曲解されたもよう。

「可愛い子ぶらなくても、あんたの作戦は失敗しないから。だいじょうぶですよ。見栄えのいい俺は、接客につとめるほうが客も喜ぶだろうし」

「――あの」

「残業だってのに、不平不満をもらさず、がんばる俺ってけなげでしょって？　いいよね、謙虚を装うって」

言いたいことを言い終えたのか、瑞元はさっさと着替えをすませるとバックヤードを出ていく。

それじゃまるで、自分は要領よくたち回る策士かなにかみたいではないか――。

しかし、瑞元の言うことすべてが理解できなかったというのでもない。

――謙虚を装う。

最後に投げつけられた言葉が、脳裏を巡る。

何巡もさせているうち、むかむかしてきた。

装う、って……。

謙虚でないとは言わない。だけど、べつにそれは「装って」のものではない。酒を作りつつ、料理の減り具合や客の注文をさばくのでは、瑞元も大変だろう。アルバイトをはじめた頃に、芹は一度、貸し切りパーティを経験していたから、瑞元よりは要領をわかっている。

だから、そういうふうに仕事を振り分けた。それだけだ。

まったく意思が伝わっていない上に、嫌なことまで指摘された。装ったつもりなんてないのだ──なのに、心にひっかき傷を負ったみたいに感じるのは、瑞元の言い分が、それほど的外れなものではないからなのだろうか。

謙虚さを装って、いい子ちゃんになろうとしている。

もちろん、芹にはそんな意識はない。無意識のうちにそう立ちまわっていたなどとも思わない。

それなのに、痛い……ほんとうは、自分の心の底には、嫌らしい名誉欲みたいなものがあるのだろうか。褒められ、ひいては衛藤のおぼえまでめでたくするほどの──そういう、意図。

自分の人物像、なにか薄汚れたイメージに感じられる。

しかし、そのことばかりにかかずりあってはいられなかった。

ドアが開き、新しい客が入ってくる。

空いた皿を下げようとしていた芹の作業が途中で止まったのは、新客が衛藤だったからだ。いや、後ろから乙文が現れたため、一瞬で我に返ったが。ときめいている場合ではない。

「キヨ！」

だが、驚くのは瑞元の反応の速さである。しかも、反応は、乙文に対してのものだけなようで、先に入ってきた衛藤はおざなりに片づけられた模様。

芹は素早く、衛藤たちに近づいた。

「早速ですが、お飲み物はどうなさいますか。今夜はお祝いなので、シャンパンをご用意いたしておりますが」

「……あんた、なにしゃしゃってんだよ。裏方に徹するはずじゃなかったのか」

TPOという文字が、瑞元の辞書にはないのだろうか。

べつに邪魔をするつもりなどないし、今は私的な感情で動いてはいけないと、行動で示したつもりだった。

芹は咎める視線を送ったのだが、瑞元が受け容れるわけもなかった。つんと細い顎先《あごさき》を反らすと、

「シャンパンにする？　キヨ」

腕をとらんばかりに乙文を見上げる。くすりと笑ったのは、乙文だった。

「シャンパンでいいよ」

芹は思わず睨みつけたが、乙文は芹のその視線を受けてなお、面白そうな顔でいる。

お似合いだよ、あんたら。

むかっ腹が立った。似たもの同士、せいぜい仲良くすればいい。

その想像にも、いらつく。乙文と瑞元のラブシーン。

どうでもいいことを、こと細かに思い描いてしまったのだった。誰にも気づかれたはずはないのに、なぜか焦る。芹は踵を返し、シャンパンの用意をすることにする。いつまでもこんなところにいたくはない。

「やっぱ俺、ビール。ビターね」

乙文の声が、背中を追ってくる。偉そうに。

自分から決めた分業制度を、その後守ったおかげで、衛藤たちがその夜、どんな会話を酒席で交わしたかなどとは、芹にはまったく知るに能《あた》わないことだった。酒を求める客が、入れ替わり立ち替わりでテーブルにやってきたからだ。シェイカーを振るようなカクテルは出せないとはいえ、ウォッカとソーダに八つ割りのライムとか、カンパリオレンジ、あるいはソフトドリンクをと、各人の要求はさまざまで、フロアを気にする暇もない。

瑞元は、少なくとも芹の視界に入った時には、いつも乙文にべったりくっついていた。他のことなど、あきらかにどうでもよさそうである。

咎めたところで、それを聞き入れるようなキャラでもない。しかたなく、芹は空いた皿を片づけたり、洗いものをしたりと大車輪で働くこととなる。十一時になって、助っ人《すけと》がもう一人現れてからはずいぶん楽になったが。

本来、今日のシフトに入っている初原《はっはら》というモデルだった。バックヤードから現れると、

「お疲れ。セリちゃん、ちょっと裏で休んだら？」

と、涙が出るようなことを言う。

「や、でも、三人でも大変だし」

「――あいつか。あいつがまったく機能してないんだな」

初原は、即座に瑞元のほうに視線を送った。つられるようにしてひさしぶりに見ると、やはり乙文にくっついている。

なんとなく嫌な気分が、胸を塞ぐ。乙文が甘やかすから、職分も忘れて、あいつまるで招待客の一人みたいじゃないか。

芹はそこで、はっとした。なにをどす黒い怒りを渦巻かせているんだ。協力しあうなんて無理なんだから、あそこで足止めされているほうが、却って気が楽だ。こうして、機能する働き手も現れたことだし。

むかついてなんか――いない。

そう自分に言い聞かせ、残りの時間をまた大車輪で立ち働いた。

三時過ぎにお開きとなる頃には、芹はへとへとだった。

それでも気力を保ち続けられたのは、その時間まで衛藤がいたためである。

正確には、衛藤と乙文が、だが。

「おう、お代わり。あと、つまみがねえぞ」

もう何杯目かというバーボンソーダを、乙文が要求する。体型維持などは、あまり心がけてはいないらしい。それに、つまみもなにも、パーティは夜明けの二次会へ流れ、主役たちも退場したというのに、なぜ共に移動しない。

「スモークドタンと、ピクルスでいい？」

おまえも疑問ぐらい持て。いそいそとカウンターに入っていく瑞元を横目に、声には出さないつっこみを入れる。

気がつけば、休憩も挟まず、コマネズミみたいに飛び回っていた。いつのまにか日付がかわっていて、労働基準法が、脳内にちらつく。

「お疲れー。セリちゃんはもう上がっていいよ」

バックヤードへ行くと、帳簿をつけていたらしい平岡がねぎらってくれる。芹はようやく、一息ついた。

「はー。お疲れさまです……」

だが上がる気はない。衛藤がまだいる。瑞元に奪われる心配だけはないだろうが、後ろ髪をひかれながら帰途につくより、最後までつきあったほうがいい。とはいえ、少し休みたかった。

「そうだよな、いちばん働いてたの、セリちゃんだもんなあ」

にこにこするマスターの顔を、脱力しつつ眺めた。

「わかってるんなら、なんで」

瑞元のことも、こき使わないのか。らしくもなく、怨《うら》み言《ごと》めいた疑問が出た。

平岡は、顔をくしゃっとさせる。

「だって、上からのコレは、預かり物じゃない」

天井を指した後、親指を立ててみせる。

言わんとするところは理解したが、共犯を誘うようなその仕草に、芹は同意しかねる。

「べつに人手ってわけじゃなくて、いわば新人ちゃんの、お披露目の場でしょ？」

雇われマスターの平岡は、己の責務をすっかり心得ているのだと思った。ある意味、マスターもプロフェッショナルということなのだろう。

「はー……そうですね……」

「特にGLASSに関してはさー、まあ、ひとつごと以外は、どうでもいいっていう、態度？　主義？　ある意味、頑固？」

疑問形で畳みかけられても。だいたい、好きなことだけやればいいなんていう主義では、まったく社会勉強になんかならないだろう。

しかし、社会勉強といいつつ、実際には平岡の言う通り、「世間へのお披露目」が主眼であるなら、実務なんてどうでもいいのだった。

そして、衛藤の心づもりはもともとそれなのだろうと思えば、反論なんて出ようはずもない。

「はあ……そりゃそうですよねえ」

いろんな心のひっかかりや不満などは、呑みこむしかないとそう言ったのだが、平岡は、

「GLASSが、この先、稼《かせ》ぎ頭《がしら》になるのは、疑いないからねえ」

芹にとって、不吉な予言を落としたのだった。

冗談じゃない。


「まあ、GLASSはキヨさん大好きだからねえ……」

吉田は、眉を八の字にして、そう言った。

そんなことをいまさら確認したいわけではなかったのだが、

「え、そうなんすか？」

と、とぼけつつ、念を押す形になる。瑞元の、露骨な態度は、最近はじまったわけではない。最初からだ。嬉しげに、乙文に駆け寄る姿。

相手が衛藤ではない、というのを僥倖《ぎょうこう》と感じるべきなのだろうか。万に一つ、衛藤が特別な好意を瑞元に寄せたとして――仮定にしても嫌な話だ――しかし、瑞元のほうでは衛藤

など眼中にない、ということに。

嫌すぎて、芹はその想像を一瞬で消した。

「GLASSも売れてきてるし、そのうち『é-BLEU』も卒業ってことになるだろうからね」

「はあ……」

なにが言いたいのだろうと思ったが、

「そうなれば、きっと事務所の管理下になんかない、普通の店にキヨをひっぱりこむだろうしね」

吉田はそう続ける。

「えっ」

思わず訊き返し、己の発した声が思いがけず不服げなものだったことに、芹は一瞬、固まった。

「ん？」

吉田が首を傾《かし》げたので、瞬く間に元に戻ったが。

「いや。そうなってほしいですね！　実に、実に希望します！」

「セリちゃん、なんでヤケクソっぽいの」

「べ、べつに」

いつものように、「E-スタジオ」にコーヒーを届けたところだった。デリバリーをすませたら、さっさと店に戻らなければならないのだが、暇な時間帯とあって、そのまま休憩に入っていいと言われている。

「そりゃ、セリちゃんだって、たまには休んだほうがいいよね」

吉田は、芹が運んだアメリカンを、満足そうに啜《すす》った。

「や、普通に休憩してますけど……」

謹厳な吉田から真顔で褒められると、尻のあたりがこそばゆくなる。

「そう？　がんばってるよ。というか、ハムスターがぐるぐる回るオモチャがあるじゃない」

「は？」

「なんか、セリちゃん見てると、あれ思い出す。こう、ケージの中でぐるぐる」

それは、例の小動物的愛らしさ、ということなのか。微妙に嬉しくない……。

「吉田さん。俺、いちおう成人してますし」

そのたとえはやめてほしいと言ったつもりなのだが、吉田は大きくうなずく。

「そうだね。回ってるハムスターの中には、とっくに成人したのもいるだろうしね」

「どっちにしても、ハムスターなんだ……」

芹はうなだれた。だが、ハムスターよりカワイイなにか。衛藤の声が耳の底に蘇り、心の中ではひゃっと言って跳び上がった。

「疲れないのかね、と思うわけ」

やっと、吉田は本来言いたかったことに行き着いたようである。有能メガネだと思っていたが、意外と天然なのかもしれない。

「いや疲れますよ……昨夜《ゆうべ》は残業でしたし」

「そうそう、閉店までがんばったんだってね。偉いなあ」

「そ、そうですかね」

今日はいつも通り、七時からのバータイム勤務なのだが、夜の八時にオフィスにいて、コーヒーのデリバリーを頼む吉田のほうが、よほど「がんばっている」。思ったが、口には出さずただ口角をへこませる。

「まあ、ガラ、いや瑞元くんもいたし」

「ガラちゃん？　ガラちゃんはあんまり戦力にならないでしょ、気まぐれだし」

思わず笑いそうになって、芹は必死に堪《こら》えた。的を射て、いや射過ぎている。

「いや、戦力とかそういうこと以前、俺なんか、嫌われてるみたいですけど、わけもなく」

胡麻化《ごまか》すつもりが、本音がほころんでしまった。

「わけないわけ、ないじゃない」

早口言葉みたいだと思いつつ、「あるんですか、理由」と訊《たず》ねる。

「理由はキヨでしょう、普通に」

「……普通に？」

普通って、なんだ。

「乙文さんですか？　だけどなんで」

「わからない？」

スクエアなフレームの奥で、怜悧《れいり》な瞳がきらりと光る。

「……はあ」

「ガラは、キヨにぞっこんなわけよ。あ、ぞっこんなんてリアルで使ったの、はじめてかもしれない」

吉田は、照れた顔になってそうつけくわえた。

「いや、それは俺も知ってますけど」

芹は話を戻す。

「じゃ、わかるじゃない」

「なにを、ですか」

「だって、キヨはセリちゃんのことお気に入りじゃないか」

「――はあ？」

芹は唖然とした。

すぐに我に返り、

「なんですか、それは」

唐突なテーゼの提示に、声が裏返ってしまう。

「なにって、俺の公正な目と観察による判断」

「ど、どこが公正なんですか。乙文は俺なんて」

「だから、当人同士がどうこうじゃなく、ガラの目にはそう映ってるんじゃないの、って推測。きみたちすごく特別な感じだよ？　気が合ってるっていうか、仲良く喧嘩《けんか》してるイメージ？」

「……間違っていると思います、その推理もイメージも」

気を取り直して反論したが、吉田は謎めいた笑みを浮かべるだけだ。

冗談じゃないと、店に戻るエレベーターの中で、芹は拳《こぶし》を握りしめる。

気が合うだなんて、とんでもない。喧嘩はするが、仲良くなんかしていないし、あいつは腹の底から、俺をからかうことを楽しんでいるし——。

特別な感じとやらがするのだとしたら、それは芹も腹の底から、乙文にむかついていて、その激しさがきっと特別なだけだ。いや、もし、瑞元の自分に対する攻撃性がそこからきているんだとすれば、だが。

理不尽である。どうして推測だけで、他人から嫌われたり、疎《うと》まれたりしなければならないのだ。

比較的温厚な性格で、意味もなく嫌われたことなどない芹には、存在しない事実に悪意をまぶして撃ちこまれた経験もまた、なかった。すごく嫌だと思う。

かといって、瑞元を捕まえて「きみの憶測は誤解だから、俺に対する失礼な態度を改めろ」などと言うのは逆効果だ、と読むぐらいのことは芹にもできる。つまりは、誤解を受けっぱなしでいなければならないということ？

うんざりする。誰が勝手なイメージを自分に抱《いだ》こうが、真実じゃないなら平気だと思ってきたけれど、この場合は違う。誤解のみならず、悪意を仕込んで放たれたら、それは毒矢となって心を苛《さいな》む。

——くそ。なにもかもあいつのせいだ。

つまるところ、乙文への反感が募る。


芹はバータイムのメニューを抱え、店の外に出た。

六時前。あと一時間で、バータイムが始まる。その一時間だけが、平岡にとっての休憩である。考えてみなくとも、激務だと思う。好きでないと、やっていられない。できるだけのことは手伝いたい。

二時から六時まで出しているメニューを、バータイムのそれに取り替えておくことが、六時で上がる芹の、最後の業務だった。木曜日。瑞元の日だ。また気づまりな帰り支度の時間をしのがなければならない。

まあ、こんなことでいちいち憂鬱《ゆううつ》になっていたら、とても社会に出て仕事なんかできないのだろうが。

店の前にあるステンレスのスタンドに挟んであるメニューを取り、バータイムのメニューを開いていると、背後で気配がした。

「あ、社長……」

心音が、コクリと跳ねる。

「お疲れ様。今日のおすすめは、なにかな？」

衛藤がこちらに心もち身体を傾けてくるので、芹は狼狽しながらやや引いた。

「え、と……ササミの燻製《くんせい》と、アンチョビのピザと——」

メニューの一頁めには、その日のおすすめを手書きした紙を貼りつけることになっている。芹は舞い上がったあまり、貼り替えたばかりのおすすめメニューを、ただ読み上げるだけになった。

「あ、どうぞ、中のほうへ」

顎を撫《な》でる衛藤を見上げ、芹はおたおたとドアを開ける。

「ん？　今の時間は休憩だろう」

「や、俺でも、ビールぐらいはお出しできますので」

言いながら、今頃は瑞元がバックヤードに入っているかなという思いがちらりとよぎる。

バータイムは七時からだが、六時には店に出て、掃除をしたり酒のボトルやビールサーバーの具合を確認するのが遅番の業務であり、芹もそうしている。

まあ、衛藤なら、連れ立って入っていっても瑞元の逆鱗《げきりん》には触れまい。

そう考えながらドアを開け、衛藤を迎え入れる。カウンターの奥でタバコをふかしていた平岡が、

「あれ、シャチョー」

こころなしかあわてたふうに立ち上がった。従業員は、裏口を出たところにある喫煙所でのみ、吸っていい取り決めがある。

「いや、いいから」

衛藤は苦笑し、すぐ真顔になった。

「あ、エールになさいますか？　それともドラフト……」

芹はいそいそとカウンターに入りかけたが、

「いいんだ。一杯ひっかけてる場合じゃないんですわ、これが」

真顔だが、どこかとぼけたような口調でそう言った。

「え、なにか困ったことでも？」

灰皿に吸殻を押しつけ、平岡が問う。

「GLASSが、仕事すっぽかしたらしい」

その名に、面《おもて》を上げた芹だが、内容のほうにはもっと驚いた。

「すっぽかした、って……」

衛藤によれば、雑誌の撮影が入っていたのだが、三十分前になっても瑞元が現れないと、マネージャーから半べその連絡が入ったという。

「マネージャー、いっしょじゃなかったんですか」

普通は、タレントと行動をともにするのが役目なのではないかと芹は思ったのだが、

「途中まではね」

衛藤はため息とともに吐き出した。

「手洗いに行きたいって、車を止めてコンビニに入ってそれっきり、だと」

「そ、それは……」

完全に、計画的犯行ではないか。焦る芹に対し、

「またですか。しょうがない奴だなあ」

平岡はさして驚いてもいない。というか、「また」？　常習？

「俺の管理が甘すぎるんだって、フルカワさんもう大激怒」

「そりゃ、カメラマンさんからしたら、とんでもないでしょうねえ。そっちだって、分刻みのスケジュールでしょうに」

「まあ、今のGLASSより、ずっと忙しいことはたしかだろうね……」

やりとりから、フルカワというのはカメラマンなのだろうと察しがつく。分刻みのスケジュールということは、古川緑朗《ふるかわろくろう》か。芹でも知っている売れっ子の名が頭に浮かんだ。

そんな大物を激怒させて、瑞元はともあれ「E-スタジオ」全体に波及はしないか。門外漢なのに気になった。衛藤を困らせていることが、いちばんむかつくが。あの野郎。

「で、まあ」

衛藤は、唐突に手を打った。

「もし——まあ、その可能性は低いとは思うけど……もし彼がここに顔を出したら、とりあえずSVSに来るように伝えて下さい」

そういう用件だったようだ。

「あ、はい……え、えすぶい……」

「SVSっすね。わっかりました。軽く叱《しか》っときます、バックれられちゃ、こっちもたまんないですから」

芹にはちんぷんかんぷんでも、平岡にとってはなじみ深い場所らしい。アルファベット三文字の謎。

「渋谷ビデオスタジオっつって。道玄坂《どうげんざか》にあるわけよ」

いつになくせかせかした足取りで衛藤が店から出ていった後、平岡がそう教えてくれた。

「はあ……つまり、雑誌の撮影やなんかするような？」

「もうちょっと広い。バラエティの収録やなんかもあるみたいだから。観覧入れない番組とかあるじゃない。ああいうの」

しかし、と続ける。

「たしかに気まぐれなコだけどさあ——仕事すっぽかすって、どうよ」

「あ、じゃあ今日、バータイムどうするんですか……」

「そうなんだよな。どうするかねえ」

本業をすっぽかしたくせに、片手間のアルバイトに現れるとは、平岡も衛藤と同様、まったく期待していないらしかった。

芹にしても同感だったが、なるべく衛藤に迷惑がかからないことを願うばかりだ。

「売れてきたからなあ。そんなんで天狗《てんぐ》になるような奴でもないと思ってたんだけど」

平岡は、残念そうに言う。

天狗になりそうにない、というのにも共感した。謙虚さのためではなく、モデルなど、たいした仕事ではないと考えていそうな、むしろ不遜《ふそん》なものを感じる。瑞元にとって大切なのは……。

考えた時、ぽわんと脳裏に乙文の顔が浮かんだ。

「キヨ」のためになることなら、きっと話は別なんだろうなと思い、芹は嫌な気持ちになった。

そして、嫌な気持ちになる自分に当惑する……瑞元と乙文が、どれだけ深く関わりあっている仲だとか、そんなことはどうだっていいことだ。

なのになぜか、今一瞬、俺には入ることができない世界なんて狡《ずる》い、と思ってしまった。

ああ、と思い当たる。衛藤さんもそっち側だからか。

同じビルで仕事していて、同じ空気を吸っている。だけど、それがなにほどのことだというのだろう。同じ空間に存在していようが、彼らは別世界の住人なのだ。


結局、瑞元はバータイムがはじまっても「é-BLEU」には現れず、別の日担当の新人が急遽《きゅうきょ》、八時から入ることになった。

それまでは、芹も帰り支度をするわけにいかず、平岡に必要以上に感謝されながら、一時間だけバータイムを務めることになる。

こういう時に限って、客足が途切れない。バトンタッチするより、平岡も加えた三人でさばかなければ、立ちいかないのではないかと思えた。

それでも、八時前には代役がやってきた。ふだんは火曜に入っている、佐川《さがわ》という新人だった。

芹とも当然、顔なじみで、バックヤードに引き上げていくと、

「セリちゃんお疲れー」

気やすく声をかけてくる。瑞元とは、えらい違いだ。

「残業だって？　しょうがないよな、GLASS、いや瑞元サンときたら」

言いながら、ぽいぽいとTシャツを脱ぎ、ユニフォームである白いシルクシャツに着替えていく。見事に割れた腹筋に、芹はどきりとする。特別な感情など持っていない相手でも、男の裸に反応してしまうという自分の性向を、あらためて思う。いっぽうではひそかに己の身体を思い浮かべ……比較するのもおこがましいが、それでも比べてがっくりした。

「前も、こんなことがあったの？」

芹はさりげなく訊ねる。うーん、と佐川。

「すっぽかしっていうか、こんな仕事イヤだってごねた話は聞くかな……ごねたあげく、仕事飛ばしちゃったことも、そりゃああったんだろうし」

「そう……」

瑞元の業界的な評価など、いくら下がってもかまわないが、それと連動して衛藤、いや「E-スタジオ」じたいに悪評が立つのは嫌だ。

「ま、拉致誘拐《らちゆうかい》されたってんでもない限り、明日はけろっと復帰すんだろ。気まぐれ屋さんだからねー」

明るく推論して、佐川はバックヤードを出て行った。

ふうと嘆息し、芹もロッカーの扉を閉める。

従業員用出入り口である、裏手のドアを出た。店は幹線道路に面しており、夜中でも騒がしいぐらいだが、裏口は路地になっていて、向かいのビルの非常階段がすぐそばに迫っている。

七月の路上に一歩踏み出した時だ。階段の下で人影が動いた。

芹は足を止めた。暗い路地裏に、明かりといえるものは「é-BLEU」裏手のドアの常夜灯のみの環境だが、視界をよぎった気配は、知っている人間のものだ。

「──お、ガ、いや瑞元……？」

影が動きを止める。小走りに近づいた芹を、逃げるつもりもないのかそこで待っていた。

「今までどこにいた？　今日は店だってわかってるよな？」

「それが」

「みんな心配してたんだよ。なんか事情があるにしたって、連絡のひとつぐらい入れたっていいじゃないか」

小さな顔に、絶妙な配置のパーツ。その、精巧な人形めいた面に、尊大そうな薄笑みが浮かんでくる。

「それが常識？　社会人として、無断欠勤なんて言語道断？」

挑戦的な口調に、芹もさすがにむっとした。

「それでなにか間違ってんのか？　ひとに迷惑かけるのがそっちの常識だっていうんなら、俺には理解できないけどね」

「へえ」

芹ならとうてい、そんな態度はとれない場面なのだが、瑞元は愉快そうに目をきらめかせた。

「案外言うんだな。常にえへらえへらと波風を立てない、ことなかれ主義かと思ってたけど」

「そ――」

図星ではあるものの、感心してはいられない。

「今、そういうの必要ないから」

瑞元は、軽く舌打ちをする。「はいはい」

「どこにいってたんだよ？　その、モデルのほうの仕事もすっぽかしたって」

「社長が言ってたの？　あの、温厚で寛大な人格者のエトーさんが、珍しくも激怒なさったり？」

芹は相手を睨んだが、瑞元の口調から、衛藤に甘えるような気持ちも伝わってきて、馬鹿にするなとは言いにくくなる。

「……困ってたよ、それは」

「ふーん。それで、エトーさん大好きなセリちゃんとしちゃ、怒り心頭ってか」

ぎょっとして、芹が目を見開くと、

「ばれてないと思ってた？　そんなの、見りゃわかるっての」

ふんと鼻を鳴らす。

「今、今はそういうのはいいから、早く事務所に連絡して——」

芹は後ろを振り返った。

「店は佐川くんが入ってるし、心配しなくてもいいよ。なんだったら、俺もいっしょにいこうか？」

「はっ。恐ろしいほどの、お人好《ひとよ》しだな。あんた、壺とか掛け軸とか買ったことない？　法外な値段のさ」

「ないよ。なあ、今までどこにいたんだよ」

茶化しても乗ってこないとみてか、瑞元は肩をすくめた。

「本気で行方《ゆくえ》くらませようと思や、方法なんていくらでもある。死にたいほど憧れた花の都大東京——」

てきとうな節回しで歌うように言ってから、

「日に何人の行方不明者が生まれると思う？　この、大都会の真ん中でさ」

挑むように顎を反らす。

「それは後で聞くから。とりあえず上に」

「おまえの世話にはなんねえってんだよ、このクソ善人」

がらりと口調を変えてすごみ、瑞元はデニムのポケットに手をつっこんだ。

「ところでおまえ、タバコ持ってない？」

芹はあっけにとられながら首を振った。使えねえ、と瑞元。なんなんだ、この激しい感情の起伏。ふざけているのか、本気ですごんでいるのかも、わからなくなってくる。

「買ってきてよ」

「……おまえ一人で、置いていけないだろ。いっしょだったら、買いにいってもいいけど。あ」

思いついて、

「店に買い置きが——」

言いかかったのを、瑞元は頬を歪めて否定の仕草をした。

「使えないし、クソ真面目だし。あのさ、好意から心配してくれてんのかもしれないけど、あいつは俺には甘いから、ご心配なく」

夜目ではわからないが、茶色い虹彩が芹を捉えているのだろう。

あいつというのが衛藤を指すことは、確認するまでもなくわかる。

「シャチョーが俺に甘いのは、俺の後ろにカミがいるからだ」

言うなり、瑞元は芹の前をするりと通り抜けていく。

「かみ？　それ、どういう——」

「少なくとも、あの人はそう思ってる」

「あ、おい」

「今から事務所でしぼられてくるさ。心配すんな」

数歩先で振り返り、瑞元はにやりとしたようだった。

意味がわからない。芹はしばし、茫然《ぼうぜん》としてその場に佇《たたず》む。

……かみ？

我に返ると、瑞元が残していった言葉が蘇ってきた。

髪……神。

後ろにいる、というところからして、やはり後者の字をあてるのが正しいだろう。

だが、それはそれで、瑞元の正気を疑うようなセリフである。神の加護を受ける瑞元には、衛藤だって逆らえないというふうに聞こえるではないか。

なんか、ヤバい感じのアレか……？

信者という語も浮かんでいる。なぜだかそれは、特定の新興宗教の門徒限定の、つまりは芹の偏見によるイメージだったが。

本人の言の通り、瑞元はたいしたお咎めもなく、今日は機嫌よくロケに出かけたという。

バータイムに客として入ってきた佐川が、憤然として教えた。

「え……そうなんだ？」

「ま、制作のキジマ部長とかナイトーさんとかは激怒してたけどさー。肝心の社長が『以後、気をつけてね』じゃ、みんなずっこけたよ」

「気をつけて……ね？」

芹がおうむ返しをすると、「気をつけてくださいね」と言い直した。

「誰がおネエやねん」

自分で自分につっこんでいる佐川を残し、芹はカウンターに戻った。四人掛けのテーブル席だが、後から友だちがくると言って、佐川はそこを希望したのだ。

しかし、と今聞いたばかりのことを反芻《はんすう》する。たしかに、衛藤がそんな構えでは、他の者が制裁を加えるのも難しいだろう。内藤《ないとう》というのは、タレントのスケジュールを管理している偉いさんだ。何度か会ったことのある顔が、芹の脳裏で渋面を作った。

で、なんで衛藤がマイルドかといえば、それは瑞元が……カミに護《まも》られているから？　奇想天外すぎる。それだと、衛藤までがなにか宗教にかぶれている人みたいである。そんなのは嫌だ。いや、芹が「それは嫌です」と意見したところで、今さら転向してくれるとは思わないけれど――。

あらぬことを考えていたせいか、目の前に衛藤その人が現れた時、芹は跳び上がりそうになった。

「い、い、いらっしゃいませ！」

あわてて、とり落としたトレイを拾い上げる。

「どうも。こんばんは」

珍しくスーツ姿の衛藤が見下ろしている。今夜のサングラスは、フレームがワインレッドで、レンズは茶色っぽい。かなり怪しい生業《なりわい》の人、という風体になる。そんな感想を抱き、忘れていたが、この人もともとモデルだったのだと思い出した。

次には、「後ろには神がいる」というあのフレーズがやってきて、脳内がちょっとしたカオスの様相を呈《てい》する。

連れはなく、ふらりと入ってきた感じだった。芹は衛藤を、カウンターへと案内する。先客が三人ほど、きちんと一脚ずつ間をあけてスツールに坐っていた。衛藤は自ら、右端の席に腰を下ろす。

「いらっしゃいませ。まずはビールですか？」

平岡が、満面の笑みを湛《たた》えた顔を衛藤に向ける。

「ああ。昨日呑み損ねたエールをね」

ちょっとおどけた口調で言い、衛藤は芹の差し出したおしぼりを受け取る。

脚つきの洒落《しゃれ》たビールグラスに注がれた黄金の液体を、豪快に呷る。

「行きますねー、さすが」

「……昨日呑み損ねたから」

衛藤が繰り返す。

「セリちゃん、しばらくここ頼むわ」

自虐と区別のつかない冗談を連発する衛藤に応対しかねたのか、平岡は厨房のほうへ消えていった。

「逃げたな」

グラスをコースターに置き、衛藤はカウンターに頬杖をつく。

同意を誘うみたいに見上げてくるサングラスに、芹はどぎまぎした。レンズの奥の目は、
そういえば見たことがない。

それでも、顔じゅうで笑っている衛藤はいい。

「あの、昨夜――」

「セリちゃんには、礼を言わなきゃならない」

「えっ」

言いかけた言葉を遮られたことよりも、次いで出てきた衛藤の言葉に驚く。

「GLASSを諭してくれたんだって？　下でさんざん説教くらったから、こっちは短めにお願いなんてうそぶいてた」

「や、それはたしかにうそぶいてますけど……というか嘘をついている？」

説教したおぼえはない。どちらかといえば、瑞元に押され気味だった。正反対じゃないか、つまり。

瑞元は、なんのつもりででたらめを言ったのかと思うが、ちょっと考えると、それはべつに不思議なことでもなんでもなかった。所属事務所の社長から、がみがみ叱られるのを回避するためだ。衛藤が誰かをがみがみ叱るところなど、想像できないが。

「俺は、たいしたことはしてないですよ」

かといって、真相を正しく伝えるのも剣呑だ。瑞元を庇《かば》いだてする気などないけれど、ほんとうのことを言えば、衛藤は瑞元の嘘に騙《だま》されたことになる。それを衛藤本人に気づかせてはだめだ。

「うん。でも、感謝してる。お礼に飯でもおごろうと思うんだけど、どう？」

グラスの縁に付着したビールの泡を指で潰すみたいにたどりながら、衛藤がこちらを見上げる。

しばし声が出なかった。芹は息を呑み、まじまじと相手を見つめる。

「いや、べつだん飯は口実で、セリちゃんを口説いてやろうなんていう邪心から言ってるんではないよ」

そんなことを疑ってはいない。邪念というなら、自分のほうがまんまんだろう——衛藤と食事、と耳が理解した後、どんな妄想が脳内に駆け巡ったかなんてことを知られたら、一生衛藤と顔を合わせられなくなりそうだ。

「じゃ、その日を楽しみにしています」

考えあぐねた結果、社交辞令かもしれないという選択肢に行きつく。ここで浮かれてはいけない。

「いつかの話じゃなくてさ。今決めとこうよ」

だが衛藤はさらりと言うと、スーツのポケットから携帯を取り出した。

あれよという間に、約束が交わされた形だ。仕事中は携帯はロッカーの中だから、芹は頭の中にメモをする。他のどんな重要事項を忘れても、その日付と時間だけは忘れない自信があった。

その後、なにを着ていけばいいのだろうという極めて日常的な問題に直面することになる。

木曜日、早番を上がった芹は、いそいそとエレベーターで六階に上がっていった。バータイム担当の瑞元とはむろん顔を合わせたが、きつい視線に見竦《みすく》められてもまったく気にならない。浮かれてるな、と自分でも思う。

「お邪魔します」

ドアを開けながら声をかけ、芹はそのまま固まる。

「おうよ。なに、デリバリー？」

カウンターに寄りかかって雑誌を捲《めく》っていたのは、乙文だった。とんだ受付男子である。芹が無視してきょろきょろしていると、

「社長なら外出中だ」

低い声で言う。この声がまた魅力だと騒ぐ女も多いそうだ。実際、ドキュメンタリー映画のナレーションという、若手俳優らしからぬ渋い仕事もいくつかこなしている。

「そうですか。じゃ、お帰りまで待ちます」

たしかにいい声だと思ってしまった自分を恥じながら、芹はバッグから携帯を引っ張り出した。

「坐って待ってたら？」

吉田が声をかけてきた。その机に屈みこむようにしていた内藤が、視線を上げて芹を認め、そのままの姿勢で会釈をよこす。

芹も一揖し、

「や、でも人様が仕事されてるところですし」

丁寧に断った。

「なに言ってんだ。ここどかそことか、空き机だろ。見てわかんないのかよ」

よけいな言葉で割りこみ、乙文は指をちょいちょいと振ってくる。

迷ったが、芹は乙文に先導されて空き机に着いた。隣の席から事務用椅子をがらがらと引いて、乙文が前に腰を下ろしたのは想定外だった。

「な、なんでしょうか」

やや焦る。なにか折り入った話でもあるのか。こちらにはまったくないけど。身構える。

「なにをそんなに浮かれてんだ？」

直球できた。芹は応じず、目を逸らす。社長室に通じるドアが視界に入った。

すっくと立ち上がる気配。視線を戻すと、広い背中が、フロアの隅にある小型冷蔵庫のほうへ向かっていた。

戻ってきた時には、ミネラルウォーターのボトルを両手に持っている。「é-BLEU」と同じエビアン。

「あ、ありがと」

戸惑いつつも礼を言うと、むくれた顔のまま今度は乙文のほうが視線を宙に逃がす。

「ま、階下からがめてきたやつだけどな」

照れているようだった。本日二度目の意外の念が、芹を打つ。いやそれよりも。

「がめてきた、って……」

資本は同じといっても、泥棒には変わりない。しかし、

「――で、なんで浮かれてんの」

その問いからは、逃げられないみたいだった。芹はしぶしぶ、

「飯《メシ》に行くだけ。べつに浮かれてないけどね」

明かしはしたが、有頂天になっているわけではないとつけ加えることも忘れなかった。

長い眉が、わずかにせばまる。

「そういうことか」

なにか納得したふうである。芹はあわてて、

「だから。浮かれてなんかないってば」

念を押す。

「ふーん……」

「昨日、ちょっとしたことがあって――お礼にって言われただけだし」

「ちょっとしたことって、ガラの失踪《しっそう》？」

やたら鋭い。この男に隠しごとをできる人間はいるのだろうか、と馬鹿なことを考えてしまう。刑事にでもなったほうがいいんじゃないのか。そういえば、前にドラマで刑事役をやっていた気がする。

「なるほど。ガラが自首してきたっての、セリが絡んでんだ？」

「自首って……なあ、あいつってなんか、変な宗教、いや変じゃないかもしれないけど、そういうのに入ってたりする？」

思いついて、芹はそう訊ねる。は？　と、乙文。

「なにを、やぶからぼうに」

「そういうのじゃ、ないのか……」

「待て待て。自己完結すんな」

乙文にうながされ、芹は「俺の後ろには神様がいる」という例のセリフを再現した。瑞元のことではなく、衛藤がそこに巻きこまれていやしないかというほうが気にかかっている、などとはもちろん明かさないが。

「神様？　カミ？　なあ、ひょっとして神様じゃなくてただのカミって言ってないか？　ガラの奴」

「え？　うん」

乙文が笑いを爆発させるのを、芹はぽかんと眺めたが、次第に腹が立ってくる。

「なに笑ってんだよ。感じ悪い」

「いや失礼。だよな。けど、とんでもない誤解してんだもん、おまえ」

「誤解って」

「神じゃなく、紙」

「紙……」

微妙なイントネーションの違いで、誤解していたという指摘だと悟る。しかし、紙とは？

「瑞元紙《みずもとかみ》。ガラの兄貴」

「……紙って。本名？」

「まあ、あいつはただのサラリーマンだから、芸名を名乗る必要はないわな」

「ええと――もしかすると、ガラスっていうのも」

芹は、思い当たって問うた。

「本名。兄貴が紙なら、弟は硝子《がらす》さ」

「そうなんだ……」

かく言う芹も、ひとの名前をあげつらえる身分ではないが、親は芸術家とかフラワーチルドレンとかいうアレなのだろうか。瑞元が自分の名を気に入っていないらしいのは、変な芸名ではなく、それが本名ゆえだったわけだ。

「それにしても、なんでそんなこと知ってんの」

乙文は「うーん」と唸ったが、やがて観念したかのように、

「タンキチと連中は、義理の兄弟」

と、驚くべき真相を口にした。芹はぽかんとする。

「きょうだい……」

「書類上は。血は一滴も繋《つな》がってない。連れ子同士だから。あー、こんなこと人に言うなよ？」

「あ、うん……ってか、言う相手もべつにいないし」

学食で襲撃してきた彼女らの関心は、瑞元たちではなく、この乙文に向けられていたようだったと思い出す。

「そうなんだ……」

ということは、乙文と瑞元たちも親戚関係にはあるわけだ。

「つまり、紙さんが後ろにいるっていうのは、義理の兄だか弟さんのことだったんだ？　あ、でも、なんで紙さんがいると衛藤さんが瑞元——ＧＬＡＳＳに甘くなるわ……け」

語尾が消えたのは、ある可能性に突き当たったためだった。

「それっていうのは……」

衛藤にとって、瑞元紙がそれだけ大切な存在、ということになりはしないか。

「まあ、言わぬが花だよ、その先は」

涼しげに言う乙文を、キッと睨んだ。

「お、怖いお顔だこと」

「なんで今、そういうことを教えるんだよ」

「さあ？　なんとなく。せっかくのエトーさん、憧れのエトーさんとの初デートに、いらん情報をもたらしちゃってすみませんねえ」

とぼけている。いとこ同士だからというのでもないだろうが、衛藤も時折こんな表情をすると思った。

瑞元紙。

その時、オフィスの電話が鳴った。吉田が受話器をとり、二言三言交わしてから、「セリちゃん」と呼ぶ。

「社長から」

はっとして、芹は立ち上がった。手近にあった電話をあわてて取る。乙文の視線を感じながら、

「はい」

と答えると、衛藤の声が『あ、セリちゃん？』と流れてきた。

嫌な予感がしたのだが、用件は、待ち合わせ場所の変更だった。用事が長引き、このまま

直帰するという。

気にかかることはありつつも、今日はとりあえず、二人で会食だ。芹は受話器を置き、「お邪魔しました」

と吉田たちのほうに声をかけた。「おお、お疲れ」という声に送られながらフロアを出る。

乙文のことは、意識的に無視した。

だがエレベーターの前で、背後から足音が追いついてくる。

やにわに腕を摑まれ、無視できなくなって振り返った。

「な、なんだよ」

見下ろす瞳が、いつものように冗談を含んだものではないことにどきりとする。

「期待すんなよ？」

「そ――」

主語は省かれていたものの、なにに対しての「期待」を指しているのかなんて、確認するまでもなくあきらかだった。

「してないよ、べつに」

振りほどこうとしたが、腕を摑む手の力は思いのほか強い。

それだけ、乙文が真剣だということだろうか。衷心《ちゅうしん》から、年下の大学生に忠告している。

「痛いよ」

顔をしかめてみせると、乙文ははっとした顔で手を離した。

不規則に脈打つ心臓を抱えて、芹はエレベーターに乗る。

乙文に掴まれていた腕は、なぜだかいつまでも熱く感じた。


そのせいなのか、せっかく衛藤と差し向かいで楽しく食事をしているはずなのに、何度となく乙文の真顔がぶり返す。その度箸が止まってしまい、それを衛藤に指摘される、という失策を犯した。

「あ、前期試験は明日からです」

今もそうで、「セリちゃん？」と呼ぶ声に我に返り、芹はあわてて答えた。たぶんその話をしていたと思ったのだが、

「うん。さっき聞きました」

衛藤はにこやかに指摘する。

「…………」

「なにかもっと呑む？」

その上、芹の前のグラスが空いていることに対する気遣いまでみせるので、芹は焦った。

「はい。ええと、じゃあバーボンソーダを」

乾杯のグラスは、ドライマティーニだった。甘くないカクテルは実のところ苦手なのだが、「フローズンストロベリーダイキュリ」などと、乙女みたいなチョイスは恥ずかしいと思った。

「また渋いところにいくね……俺もそれにしようかな」

卓上に置かれたベルを鳴らすのも、実に馴れていて大人の男だと感じた。

衛藤が芹を連れて入ったのは、麻布にあるダイニングバーだった。すでに予約をしてあったようで、個室に案内される。

和洋折衷のモダンな内装。個室の床には、和紙を貼ったスタンドが置かれ、ぼうっとした光を放っている。そうかと思えば、違い棚にスワロフスキーらしい天使のオブジェや、写真ではなくハガキ大のエッチングを収めたフォトスタンドが置かれているという具合。

馴じみの深い大学生の合コンレベルの店ではない。こういう店ははじめてだ。

前菜を何種類かと、芹の好みを訊いてマティーニをオーダーする。衛藤はスコッチのソーダ割りを呑んでいて、だから芹もつい背伸びをしてしまったというわけだ。

「あの、ほんとに大丈夫だったんですか？」

会話のほとんどが、衛藤からの芹への質問になっている。気になって、芹は自分のほうからも問いを発してみる。

「ん？」

衛藤は、鴨肉のカルパッチョをオレンジソースに浸しながら首を傾げる。

「あの、ガラじゃなくて、瑞元くんのこと」

「収まったって言ったじゃない」

衛藤にとっては、言わずもがなだったようだ。苦笑すると、

「セリちゃん、心配性だな」

指摘してくる。

「はあ……」

「だいたい、収まってなかったら、こうしてのんきにご飯にいこうなんて言いませんよ」

「……ですよね」

瑞元紙、という名がエンドレスで脳裏を巡っている。ほんとうに知りたいのは、弟のことではない。

「えと……、GLASSって、本名だったんですね」

「ああ。知らなかった?」

「誰も教えてくれなかったので」

「そりゃそうか」

衛藤は破顔する。

「本人はすごく嫌ってるみたいですけど」

ロッカールームで怒鳴られたことは、まだ記憶に新しい。

「まあ、よくある名前ってわけじゃないからねえ」

「ひとのことは言えないけど、変わってるって思いますよ。弟が硝子で兄さんが紙とか」

芹はなにげないふりで、その名に関する「瑞元兄弟の兄のほうで、衛藤とは義兄弟」以上の情報を引き出すつもりだった。

だが、口にするや、いつものんびりと穏やかな表情が一変した。間接照明だけの個室にいても、はっきりとわかるほど。

「——誰から訊いたの?」

声まで冷ややかになっていて、芹は凍りつきそうになる。紙のことを話題に上らせたことじたいを、激しく後悔した。

「まあ、誰でもいいか」

一瞬で険を解き、衛藤はいつもの表情に戻った。

「……ごめんなさい」

芹は視線を己の膝に落とす。いつもと同じといったって、今まで見たことのない顔を見てしまえば、その弛《ゆる》んだ表情のほうこそが装われたものと知ったから。すくなくとも、「瑞元紙」の名を出したことが、衛藤の不興を誘ったのはたしかだ。

仮面が外れてしまったのを意識してか、衛藤はその後は、不快の念などおくびにも出さず、なごやかな会食が続く。

でもそれは、衛藤の分別と寛容の精神がもたらす、いわば嘘の平和なのだ、ということが芹の頭からずっと離れなかった。

期待するなよ？

そしてなぜだか、その声と、放った男の顔が目裏《まなうら》にちらつくのだ。

してないよ。

心の中で言い返したが、小指の爪先ほどの期待なら、あったんだろうと思う。衛藤と別れた後も残る、胸のわだかまり。

そうと解釈するよりなさそうな、そのしこり。


「é‐BLEU」の店内は、熱気と活力に満ちていた。

「セリちゃん、これもお願い」

厨房から顔を出した平岡の手から、湯気の立つ大皿を受け取って、芹はフロアへとそれを運んでいく。

「伊勢エビとホタテのグリルです」

五席あるテーブルは隅に片付けられ、代わってブッフェ用のガラステーブルが二つ置かれている。芹が大皿を置くと、おおっと歓声が上がった。

「旨そう」

「いい匂い」

男の数のほうが圧倒的な「E-スタジオ」だが、今夜は女の子たちもメンバーとして加わっていた。このあいだの婚約パーティから二週間も経っていないというのに、またしても貸し切りである。

「佐川ー、酒はよー。どうなってんだ?」

仲間たちに催促され、「なんで俺が」と言いつつも佐川がカウンターに入る。カウンターの半分には、中身を満たしたワイングラスやシャンパンフルートが並んでおり、あとの半分にはチーズやパン、デリバリーの巻き寿司などを盛った皿が並んでいる。

二十名ほどの参加者の多くが現役のモデルや俳優とあって、炭水化物よりもオードブルやサラダなどのコールドメニューや、でなければエネルギーにはなっても肉にはならない魚介類のほうが人気が高いようだ。

「新鮮な魚介なら、いっそワサビとたまり醤油《じょうゆ》で食いたいところだけどね」

空のグラスを手にした乙文がカウンターに近づいてくると、憎まれ口を叩いた。

「あ、俺、ウォッカね。ソーダで割って、ライムをひとかけ」

「ちぇ。偉そうな奴」

佐川は先輩に対しぶうぶう言いつつも、馴れた手つきで呑み物を作りはじめる。その間に乙文は、新しい皿をとって、人気のない炭水化物を盛っている。切ったバゲットに、無造作にスモークサーモンとチェダーチーズを載せ、挟んだ。

「新鮮でも、まさかって時があるだろ。マスターは慎重なだけ」

芹は正論を言ったつもりだが、乙文はやれやれというふうに肩をすくめた。

「なんだよ」

「まあ、そうカリカリしないで。GLASSのお祝いなんだから」

そう言われると、さらにくってかかるほうがおとなげないというものである。

瑞元の、来年四月からのドラマ出演が決まったのだ。民放のプライムタイム。これまで、深夜ドラマや単発のスペシャルなどは経験しているが、連続ドラマの、しかも男優二番手でのレギュラーははじめてらしい。しかも「改編期」のドラマ、とにわか知識を動員して、喜びに沸《わ》く彼らを芹は眺めた。

それは、関係者にとってはめでたいことだと理解するし、内輪だけの集まりとはいえ、けっこうちゃんとしたパーティを開くのもよしとしよう。

芹は一従業員にすぎず、言われた通りに立ち働くだけである。

なのに、

「キヨー、なにこそこそしてんの、バイトなんかと」

あからさまな棘《とげ》を含んだ言い回しで、瑞元が乙文を奪還しにくるのだけは、もうかんべんしてよと言いたい。

べつに芹が誘いこんだわけでもなんでもない。乙文が、好きで炭水化物を補給しにくるだけである。それを、泥棒猫扱い――はまあしかたないにしても、「バイト風情」をやたら強調しなくてもいいんじゃないのか。

もっとも、瑞元の、神経質そうに震える声は、そんな病んだ感じのセリフにはぴったりくるが。

自分も嫌味をそっと返し――もちろん胸の裡だけで――芹はシャンパングラスをとって、瑞元に差し出した。

「？　――あ、ああ。どうも。行こ、キヨ！」

一瞬だけ戸惑いを見せるのは、なんだか狡い。嫌な奴と、腹の底から嫌えない。そんな自分は、変だろうか。

「わがままなんだけど、憎めないんだよなあ」

佐川が、酒を作る手を休めずにぼそりと言う。

「なんかわかる」

共感はできないが、同意はできた。二人が向かった先に衛藤の姿を認めて、複雑な思いがさす。

皮肉なことに、食事をともにして以来、衛藤に対する気持ちが、自分ながらどうにもぎこちないのだった。

それが一瞬見せた、あの冷ややかな顔のせいなら、自分もずいぶん器の小さい人間なものだと思う。しかし、そう思う気持ちは特に熱くもなくて冷めている。ひとに幻滅している場合か。

いや、幻滅した、とはっきり特定できる感情でもないから、もてあましている。

もっと微妙であいまいな……強《し》いてたとえるならば、目に見える情報のみで愛《め》でていた偶像の、中身が意外としょうもないものだった——おがくずとか新聞紙を丸めたものだったりした時に感じる萎《な》え、に近いだろうか。

むろん、理不尽な言い分だとわかってもいる。偶像のほうからすれば、勝手に憧れておいて、実像と違ったからって責めるなというところ——いや、そもそもそれは動かない彫像などではなかった。いくら完璧に見えても、自分と同じ生身の人間なのだ。

崇敬が薄れかけるいっぽう、逆に見直したものもある。乙文。口が悪くて腹の立つことばかりだけれど、すくなくとも嘘はつかない。どちらかといえば、いい奴なのかもしれない。

——期待すんなよ。

あの時点ではそうは思わなかったが、今ならわかるのだ。あれは誠意ある忠告だったのだと。

思いかけ、いやいやとまたかぶりを振った。ほんとうに芹のためを思ってのものなら、もうちょっと優しい言い方ってものがあっただろう。どんな言い方なのかは知らないが。

つまり、芹の中でいろいろな人物像の配置が、少しばかり変わった、ということだった。そんな変化は、周囲にももちろん世の中にもなんら影響は与えないが。

自分がちっぽけでつまらなく思える。そんなの、いまさら気づくことでもないしと考え直す。

「とりあえず、フード終了」

厨房から、平岡が出てきた。

「セリちゃんも、いっしょに呑んでいいよ」

「はい――ありがとうございます」

とは言ったものの、美形だらけの魔窟に、跳びこむことなどとうていできない。シャンパンをとって、壁際に移動した。顔なじみの新人が二人、そこに張りついている。一般人ではないものの、芹にとってアルバイト仲間といえなくもない彼ら。

「お、お疲れー、セリ」

年上の初原が、グラスを挙げた。黒い液体が半分ほど減っていた。「テキーラ、ダイエットコーラで割って」と、佐川に注文していたのを見ている。

「ほんとに疲れたって感じ」

大地《だいち》が笑いながら、あいづちをうつ。たしかまだ高校生で、「é-BLEU」で顔見せもしていないが、客として訪れることはあって、顔見知りだった。呑み物もウーロン茶と優等生ぶりを発揮している。

「まあ、こういうの、俺はじめてだし」

「テキトーにやりゃいいんだよ、テキトーによ」

初原はちらとフロアの中央あたりを見やり、鼻に皺《しわ》を寄せた。

「どうせ、めでたいなんて思ってんの、本人と社長と他スタッフだけだから」

「ハッサン、声大きいよ」

大地がたしなめる。初原と瑞元は二歳違いだが、ほぼ同じ時期に事務所に入った間柄だということを、芹は思い出した。男の嫉妬は怖いと、なにかで読んだ気がする。

「ふん。どうせ俺ははぐれ者さ」

「なに一人でいじけてんの」

大地は笑い、でも、とつなげた。

「俺もあのヒトのことは、べつに好きじゃないですけどね」

優等生的微笑みが、黒光りしているようだ。

「だろ？　だろ？　世界でいちばん、てめーが可愛いと思ってる奴っているよな」

「まあ実際、それだからオファーきたのかもしれないけど。木10ってたって、CXさんじゃ伝統ある枠だし」

「……おまえはいったいあいつを、貶《けな》したいのか賛美したいのか」

「強いて言えば、妬みたい、かな」

澄まし顔の大地は、都内でも超難関の私立校に通っているという。現役バリバリの秀才だが、それだけに学校側も厳しく、仕事は学校が休みの時だけと釘を刺されているようだ。放課後、酒の出るようなパーティに出ることは規制されていないのだろうか。

「頭いい奴って、なんか病んでる感じするよな、セリちゃん？」

急に同意を求められ、芹はへどもどした。

「てかあいつ、これでバイト生活から脱却できるって、俺に聞こえるように言うし！」

初原はふたたび憤る。

「そこはせめて、卒業と言ってほしかったですね」

「微妙にそれも、なんかむかつく」

たしかに、そういうことは聞こえよがしに言わないほうがいいだろう。

「俺もドラマ出たいな」

病んでいるかはともかく、若い大地は羨望《せんぼう》を隠さないようだ。

「ま、木10よりは月9がいいけど。でも、キヨさんと共演できるなら、べつに何枠だっていいかも」

「——え」

芹は思わず、訊き返してしまった。

「瑞元の出るドラマって、乙文さんも出るってことですか」

「って、知らなかったの？」

初原は、逆に驚いたようだった。主旨を理解していない状態で、祝宴の場に出てる奴がいるなんて、と聞こえて奇妙な恥ずかしさをおぼえる。

「いや、だってセリちゃんはただ、『é-BLEU』で貸し切りパーティやるから手伝ってるんであって、ケータリングのお姉さんが、必ずしもそこがどんな現場なのかなんて知らなくたっていいっていうのと同じ状態なわけじゃないですか」

大地が長々とフォローしてくれたが、かえって外野、門外漢だと指摘された気がした。疎外感。

「……そうなんだ」

誰にともなく、芹はつぶやく。自然と視線が、瑞元を追った。いや、瑞元というより、その隣にいる長身のほうを。

次には我に返って、なんでこんな嫌な気分に俺は見舞われているんだろうと思った。あらためるまでもなく、ヘンな話だ。

グラスがだいぶ空いてきた。芹は気を取り直し、洗いものをしておくことにする。正体不明の嫌な気持ちなんて、長々つきあっていても得することなどひとつもない。

踵を巡らせた背中で、カミ、という声がしたのはその時だ。

カミ――紙。

はっと振り返る。不思議なことに、その夜はじめて衛藤を見た気がした――よく考えると、そんなはずはないのだったが、衛藤のことを考える時と考えていない時の合間が、いつもより長かったことはたしかだった。

そして衛藤を当惑させたのは、ドアの前につっ立っている新顔のせいにちがいなかった。

瑞元紙――あの人が？

さりげなく壁際のテーブルに近づくと、芹は空いた食器をトレイに重ねるふりをしつつその人を観察した。

第一印象としては、「なんだかぱっとしない男」だった。

周囲が妍《けん》を競うようなプロの男前ぞろい、というのも作用しただろうが、それにしたってあまりにも彼は普通すぎる。薄いグレーのスーツに、ブリーフケースを抱え、いかにも会社帰りのサラリーマンという風体。

実際、会社員なのだろうが……普通の。ありきたりの。なんら突出することのない。ありていに言えば、瑞元の兄で、衛藤の義兄弟というにしては冴えなさすぎた。いや、衛藤とは血が繋がっていないのだから、似ているほうがどうかしているのだろうが。

しかし、そんな瑞元紙を前にした衛藤は、まるで幼児みたいに、次の言葉が出ない様子である。

ゆらりと影が動いた。

「……の、わいって聞いたから」、きれぎれになったフレーズをつなげてみると、要するに弟であるGLASS——この場合は硝子か——の慶事ということでやってきたということか。

それにしても、誰からそのことを聞かされたのだろう。

なんとはなしに目をやると、思いがけなく相手のほうも芹を見ていた。目が合う。いやまさか。

あわてて逸らし、そのことによって己の中に湧《わ》いた疑念を打ち消した——打ち消そうとした。

「——珍しいこともあるもんだね」

膠着《こうちゃく》した時間を動かしたのは、意外にも瑞元弟だった。快活そうに言い、兄に近づく。

「カミ兄がお祝いにきてくれるとは思わなかったから、びっくりしたけど、でも嬉しいな。ね、イチ兄？」

瑞元紙の腕に自分のそれを絡ませるようにして、衛藤と向かい合う位置まで移動させた。

よけいなことを、というフレーズが脳裏に浮かんだ。だが、そう思わなければならない義務感がしぼり出した考えのように思えた。芹は、そんな自分の心の動きに驚く。

「GLASSの兄さんなんだ？」

「へえー。兄さんは、まともそうだな」

周囲にいた者たちが、ようやく動き出す。ネジを巻き直されたオルゴール人形みたいに、口ぐちに硝子を冷やかす。

「どういう意味だよ」

心外そうながら、口調に喜びが滲《にじ》んでいる。案外、かわいいところもあるんだと思っていると、ひとしきりいじられた後、硝子がこちらに近づいてきた。

やばそう、と後ずさりしかかった芹だったが、

「場違いにもほどがある。恥ずかしいったらないよ」

誰にともなくグチる硝子を見るのもまた、新鮮だ。

「いいじゃん、いい兄さんじゃないか」

さっきまでの言動はどこへやら、初原がフォローするように言った。

「うん。うちの兄貴なんて、どこに出しても恥ずかしいオタクだし。嫌んなる」

大地もカミングアウト。

「大地の兄貴なら、やっぱ開成東大コース？」

「いちおうは。だけど、アイドル研究会とかって頭悪そうなサークル活動に没頭しててさ。へんなミニコミ誌作るのに血道を上げまくり。今年三年なんだ。就活しろよって」

「頭悪そうかあ？　そういう経験を生かして、出版社とか入れそうじゃん」

「世の中そんなに甘くないだろ。――ねえ『セリちゃん』？」

突然硝子がこちらに振ってきて、芹は虚を衝かれたていだ。

とっさには返せず、三人の目がいっせいに自分に集まっていることにも鼻白《はなじろ》む。

「あ？　――ああ、うちの母親？　なんで今の仕事してるかは、そういえば知らないや」

それは嘘ではなかったが、大地が「セリちゃんのお母さんって？」と硝子に問いかけ、硝子のほうはうながすように芹を見たため、

「――創明社《そうめいしゃ》で、『CRISTA』っていう雑誌作ってるけど……」

自ら明かした。ええーっと、二人。

「超有名な人じゃん。あれ、そういえばたしかに辻沢由美子って聞いたことある名前だけど……ええええ？　セリちゃんがまさか」

「編集長」

と、硝子。

それは言う必要ないんじゃ……が、さらにボリュームを大にした「えーっ」が芹に注がれる。

「すんごい、やり手なんだ。キャリアウーマン」

「その息子がこれかあ」

「どういう意味だよ」

芹はようやく、初原に一矢報《いっしむく》いた。

「いや、ずいぶんと普通にお育ちあそばしてめでたいっていうか……いやいや、他意はないんだ！　許せ」

初原もようやく、驚いたあまりとはいえ失言したことに気づいたようだった。

「いや、わかってるけど……」

その程度の本音なら、べつに芹も気を悪くしたりはしない。

ごく自然に、硝子が話の輪に加わって、話題は瑞元兄弟と衛藤の関わりに移行していた。

「知ってるかもだけど、社長は義理の兄なんだよね」

「ああ、聞いたことある」

小耳にはさんだというていで初原は返すが、聞いたことがある程度の話ではないだろう。

しかしつっこまず、芹は聞き役に徹した。

「社長の父さんとうちの母さんが、子連れ同士で再婚したんで、血はつながってないんだけど」

なぜだろう、それを聞くや、芹の視線は糸でたぐり寄せられたように衛藤たちのほうを向いた。瑞元紙と、一見してなごやかに会話をしているみたいだ。見ている芹の気持ちだけが、落ち着かない。いったん気にしはじめると、衛藤のことを考えていない時間なんてあったんだろうかと、さっき浮かんだのを否定するようなことが、胸にせり上がってくる。

ふたたび視線を硝子のほうに移すと、「といったって」と続けたところだった。

「社長が中三で、兄貴は小学五年かな。それで、俺は二つになったばっかだったから、それ以前の記憶なんてないし。中学に入る時に聞かされるまでは、父さんもイチ兄のことも、ほんとうの家族なんだと思ってたよ」

「ううむ……ある意味、幸せだな」

初原が顎を撫でながら言う。

「まあ、ね」

硝子は肩をすくめた。芹には、意味ありげな仕草と表情に見えた。こころなしか、なにかに安堵しているようだ。

「すると、瑞元兄は二十七、八歳？　独身？」

芹にはどきりとする質問だった。発したのは大地で、ごく自然に関心を惹かれたように見えるから、やめとけとも言えない。

「んー。今はね」

「なんだ、バツイチ？」

「っていうか、死に別れ」

「……そうなんだ。ごめん」

大地は、顔の前に手を立て、拝むようにする。

「いや別に。それで――」

硝子はなにか言いかけ、途中で思い直したように口を閉じた。

「いいなあ、まともそうな兄さん」

「おまえは、だから東大生って部分だけを尊敬してりゃいいんだよ」

「そんな、ピンポイントで抽出して尊敬できませんよ。だいたい東大とか、俺には無価値なアイテムだし」

「大地は東大狙ってないの」

「入ってあたりまえだから、べつにすごくないんだってよ」

初原が大地の代わりに答える。

「へえ。嫌味だね」

「瑞元先輩に言われたくないですよ」

そうはいっても、同じ事務所の仲間である。硝子は彼らに溶けこんでいる。仕事の話になれば、芹は自分で思った通り門外漢でしかない。

芹はそっと、場を離れた。その空気に耐えられなかったわけでもないが、ざっと後片付けをして帰ろうと思う。三時を回っている。明日は土曜日。衛藤はまだ瑞元紙と話しこんでいた。

真夜中でも真夏である。日本特有の、湿気の多い夏……といっても、他の国がどうなのかは、行ったことがないのでわからないが。

その連想が、ロケだなんだで海外なんてあたりまえ、であろう「Ｅ－スタジオ」の面々、というべつの連想を呼びこむ。駆け出しとはいえ、大地だってそうなのだ。

なにもわざわざ、自分から疎外感をおぼえてへこむようなことを考える必要はない。

そう思い直して、気分を立て直した。頭をしゃんと上げ、街路に歩を刻む。

とうに終電は過ぎている。タクシーチケットを渡されていた。自宅までは車だ。駅前まで裏通りの近道を行く。

背後から迫ってくる足音に気がついたのは、しばらくしてからだった。

振り返った芹は、ぎょっとする。乙文。

エンジニアブーツが地面を蹴りつける、必要以上に高らかな音にとっさに逃走本能が動いた。芹もやにわに、駆け出した。

「おいっ」

それを咎めるような大声。聞けばなお、加速する。

五百メートルも行った頃だろうか。はっはっと、荒い吐息がすぐそこまで迫ってきたのに、ようやく芹はあきらめた。

とたんにがっしと、背後から肩を摑まれる。

跳び上がりそうになった芹だが、

「足、速すぎだろ……！」

そこかよ、とつっこみたくなる一言を発し、乙文は芹をホールドしたまま、しばらくぜいぜい言っていた。

「……そっちもな」

速すぎるランナーを結局、捕まえたわけである。

半ば折った上体、顔だけを上げた乙文の目が、思いのほか怨めしげだった。

「逃げるこた、ないだろうが」

「変態かと思ったんだよ」

「は？　ひとを捕まえて、言うことが『変態』？」

「そう思うだろ。夜道で後ろから誰かに猛ダッシュしてこられたら。ってか、捕まってるのは俺だし」

「おまえ、振り返って、俺だってわかってただろ……」

乙文はなお、苦しそうだった。

路上にへたりこんだのを、上から見下ろす。珍しい、乙文のつむじ。

「なんで追っかけてくるんだよ。そっちのが怖いわ」

つむじが後退し、目線が上がってくる。

「……夜道は危なかろうと思ったんだよ。フェミニストとしては」

「は？　気遣うところが、違ってんだろ」

暗に、今夜瑞元紙を呼んだのはおまえだろうという非難をこめて言う。乙文が、すっくと立った。

また突然、視線の高さが逆転し、圧倒されそうになった芹は、そのまままくるりと踵を返した。

と、背後から抱きすくめられる。

いきなり上がった心拍数にとまどい、対応が遅れた。

「な――」

芹はじたばたしたが、乙文の腕は力強く、あの日エレベーターの前で腕を摑まれた記憶が蘇る。

「おいっ」

「きみを守りたいだけなんだ。俺のこと、好きになってなんて言わないから……」

「…………」

芹は無言で、肘《ひじ》を乙文のみぞおちに入れた。うっと呻《うめ》いて、拘束がゆるむ。

その隙《すき》にそそくさと腕を振り払い、念のため数歩、相手から離れる。

「ふざけんな！」

――きみを守りたいだけなんだ。俺のこと、好きになってなんて言わないから。

およそ乙文らしくない言葉だが、実際それは、ドラマで乙文清親が演じた役のセリフそのまんまである。

もう六、七年も前になるか。当時の乙文は、売り出し中の若手俳優で、ゴールデンタイムの連続ドラマに抜擢された。

役柄は、ヒロインの男友だち、というポジションでありつつ、ひそかに彼女を想っているという、恋愛ドラマにはありがちな脇役だった。要するに当て馬。

主役カップルが結ばれるための、すれ違いや誤解用のツールでもあったのだが、その一途《いちず》さに視聴者――主に女性層――がぐっときたようで、ドラマが終了する頃には、主演俳優と人気が逆転していた。

乙文清親のブレイクのきっかけ、とされるドラマだ。その世界観の中では、純情で誠実な男。演じている役者が実際にはどんな男であるか、はあまり問われず、ヒロインに初めて気持ちをぶつける際のそのセリフは有名になった。ドラマ名場面集なんていうバラエティの企画では、必ず取り上げられるシーン。

エルボーをくらわせたくもなる。本気で言っているのではないことが、あまりにもあから

さまなのだ。

「冗談はさておき」

完璧にはねつけたつもりだったのに、乙文は背筋を伸ばすと、さっきよりは手加減しながら芹の腕をとった。

「ちょっとつきあえ」

なんだそれ。しかも、やっぱり冗談かよ！

芹は思いっきり乙文を睨みつけたが、腕を摑む力が、だんだん強くなってくるのを感じると、羞恥《しゅうち》ともつかない思いがさした。当惑した。乙文はただ、力の加減を知らないだけだろうに。


乙文が芹を引きずるようにして入ったのは、駅裏にある居酒屋だった。

目についた店に適当に連れこんだと思いきや、

「らっしゃい！　――おー、キヨじゃねえか」

カウンターの中にいた店主らしいオヤジが、親しげな声をかけてきたため、常客らしいとわかる。

……まあ、なら、いいか。

小ぢんまりとした、年期の入っている店らしいが、古くても清潔そうだ。

そして、こんな時間にも関わらず、客は五分の入りだった。あきらかに勤務明けのお姉さんたちも、乙文が誰だか気づいてはいるのだろう。しかし騒ぎもせず、会釈だけをよこす。

「ちょっと、キヨちゃん。一杯呑んでいきなさいよ」

こちらも常連とみえる五十がらみの女客が、気安げに声をかけるところからして、乙文が芸能人的待遇を受けたがっていない証左であり、芹の頬は、なんとなくゆるんだ。

「オヤジ、こっち上がるよー？」

「おう、上がって上がって」

ふた間ある小上がりの手前のほうに、乙文は馴れた様子で上がっていく。芹も三和土《たたき》にスニーカーを脱いだ。乙文のレッドウィングのほうが、二センチぐらい大きい。いつもならケッ（身長あるから、足なんかでかくてあたりまえだろ）と思うところだが、なぜだか頼もしさのしるしみたいに見えた。

「ま、ま、なんでも好きなの頼んで」

芹に品書きを押しつけ、やってきた店員には「チューハイ二つ」と勝手に注文している。

メニューに見入っていた芹が気づかないうちに、グラスが二つ、それぞれの前に出ていた。

「じゃ、とりあえず、お疲れー」

そのセリフで、思い出した。パーティを途中で、抜け出してきたことに。

いや、いちおう平岡に声をかけはしたが——あれ以上、衛藤と瑞元紙を見ていたくなかったのだ。そういう自分は、臆病者なのか。

ただ、

「まっ、人生はいろいろだよ」

グラスを半分ほど干した後に吐いたセリフには、引っかかったけれど。

それは、励ましのつもりなのだろうか——いや、それ以外のなんだというのだ。突き出しのつぶ貝を器用に楊枝でせせり出し、乙文は励ますように言う。

「べ、べつに……人生のことなんか、深く考えてないけど。ただ」

ただ……プチ失恋。そんな語が頭に浮かんだ。

「あそこは入り組んでるからなあ」

早くも二杯目を口にしながら、乙文は訳知り顔に言う。どうでもいいが、体型維持的にだいじょうぶなのか、このペース。

と思いながら、芹もお代わりを頼む。

「入り組んでるって……GLASSたちと衛藤さんの関係？」

ただの義兄弟じゃないかと思ったが、自分がその立場だったら、とすぐに思い直した。血のつながっていない弟たちが、ある日突然、家にいる。

——衛藤のポジションから考えてみた。けっこう嫌かもしれない。実の弟一人で、今のところ手一杯だし……。

それを、衛藤はたかだか十四、五歳で経験したのだ。

「………」

「まあね。義理ったって、兄は兄だし、弟は弟ってことらしい」

遠まわしに、衛藤と紙の間にあるなにかを教えようとしているのだろうか。

「……見ればわかったよ」

衛藤の気持ちぐらい。

「ん？　そうか。なら、いいけど」

枝豆、ホタルイカの沖漬けといったすぐに出せる肴《さかな》が、卓上に並ぶ。急に空腹をおぼえた。

「あの人って、結婚してたんだって？」

それでも、芹としてはその一点に慰めを見出さずにはいられない。

「まあね。もう死んじゃったけど」

「知ってるけど」

「俺の姉ちゃんだけどな」

「――え」

芹は思わず、問い返した。

「誰だって？」

「だから、俺の姉」

「……瑞元紙さんの、奥さんだった人が？」

「そう。たかだか二年足らずの結婚生活だった」

「え、ちょっと待ってよ」

まるで己について語るかのように、ぽいぽい事実だけを並べられても、混乱するだけだ。

「乙文の姉さんと、紙さんが結婚してて、衛藤さんの義理の弟が瑞元兄弟で……え、でも名字違う……」

いまさらのような疑念が立ち上がる。

「衛藤ってのは、シャチョーの母方の姓」

乙文は、芹の顔の前に手のひらを立てた。

「もともとは瑞元。でも、モデル時代に怪我して引退してから、名字を変えた」

「……なにか、それとこれには関係が……？」

「んー……なにか思うところがあったんだろうよ」

「そりゃそうだろ」

芹はむっとした。どんな行動にだって、「思うところ」は普通、ある。衝動的にやってしまったことですら。

「まあまあ。そこそんなに重要？　いや、簡単に言うと、実の母方のほうが手広く事業やってたし、継ぐにあたって衛藤姓のほうが通りがいいって話」

乙文の瞳が、まっすぐに芹を見つめてくる。

綺麗な目なんだと、なぜか今さらのようにそう感じた。全体的にはワイルドな風貌なのだが、こうしてひとつひとつ見てみると、パーツは案外、正統に整っている。

そしてその目でこちらを射貫《いぬ》くように見ている、と思うとかっと羞恥がこみ上げてきて、芹は思わずうつむいた。

「……まあ、そうなんだろうな」

黙っていると、いっそうヘンな空気になりそうで、そのままの体勢で認める。

「そうなんだよ」

言ったきり、乙文が無言でいるので、芹は必死に言葉を探すはめに追いこまれた。

「ええと、じゃあ。乙文から見ても、瑞元兄弟はいとこってこと？」

すぐには相関図が、頭の中に引けない。

「んー……そっちとも、血縁関係にはないんだけどな」

「……だよね」

民法で習ったことが蘇る。相続に関する一講義。でも、衛藤も乙文も、ついでに言うなら瑞元兄弟もすでに一人前の社会人となっており、すぐに遺産がどうこうという話になるとは思えなかった。

そんなわけで、

「ややこしいんだな」

という感想になる。ああ、と乙文。

「ややこしいんだよ、ひとの心ってやつはさ」

言ってから、なぜかあわてたように、

「まあ、一般論だけど」

つけ加える。追加されなくても、「誰もがけっこう大変な思いを抱えて生きている」ことぐらい知っている。かく言う自分だって。

なら乙文にも、ままならないことはあるのだろうか。容姿が仕事の多寡《たか》を決定する世界で、完全な勝ち人生。しかし、それがゆえ、若さという武器を失ったらどうなるのか――。

そのことを、冷笑的にではなく、むしろ案じるみたいな気持ちで考えたことに思いあたって、芹はぎょっとした。

大嫌いだと思っていたのは、そう昔のことでもないはずなのに。

「……衛藤さんて、紙さんのこと」

動揺を隠し、芹ははじめに気になっていたことに立ち戻る。そんなこと、確認したくもないのだが、芹が知っていようといまいと、今ある事実は変わらない。

「ショック？」

すると、ダイレクトにそう問われた。芹は眉間《みけん》をせばめたが、面を上げると案外と穏やかな顔がある。

馬鹿にしたり、からかうための問いかけではなさそうだった。

「――まあ、まさかそっち系の人だとは思ってなかったからね」

芹は、アジの南蛮漬けをつつく。

「そっち系っていうか。いや先天的にじゃなくて、ただカミちゃんのことが好きだってだけだろうとは思うが」

「どうしてわかるんだよ」

「俺がコクったら、男はダメだって言ったから」

「！」

芹は目を見開いた。胸が内側からぎゅっと絞り上げられたように感じた。痛い……。

「そ、そうなんだ」

そういえば、自分も「そっち」だという設定を、いったいこの男はいつ知ったのだろうか。

「――ショック？」

「んなわけないだろ！」

二度目に言われて、思わず鋭い声で否定したのは、なんだかもてあそばれていると思ったせいだった。

乙文は、ふんと笑う。いつもよりは、好戦的な笑みでなかったが。

「あいつのことは、誰でも一度は好きになるみたいだな」

そんなことを言われても、どう反応していいのかわからない。

「俺もガキだったしね」

「……俺もガキなんだって言いたいのかよ」

「そうとは言ってない。ただ、あんな太平楽に見えて、実は神経質だし、クールなニヒリスト」

何度言われても、芹にはそういうふうには見えないのだが、いとこで——一度は好きになった乙文がそう言うなら、譲らなければならないんだろうなと思った。

「でも好きになったんじゃん」

「だから。誰でも通る道ってことで」

「すくなくとも、GLASSは衛藤さんよりあんたが好きみたいだけど」

「嫌味な言い方」

「——」

ショックといえば、今のほうがショックだ。そして、そういう自分にもまた、驚いた。衛藤が紙を好きだと知った時には、感じなかったのに。そして、乙文の口の悪さなんて知りつくしているはずなのに、なんでだ。ただの揚げ足とりとは聞こえなかったせいか。

自分の性格の悪さを、正確に指摘されたからだ、とすぐに答えが出た。だが認めたくはなかった。

「まあ、好かれても困るんだけどな」

乙文はすぐ険を解き、逆に困った顔を作ってみせる。

「そう……」

はっきり本人にそう言ってやればいいのにと思うが、さっきの今では、また嫌味ととられかねない。事実、嫌味にしかならないのだろうし。

他人の恋路にあれこれ口を出す愚かしさなんて、よく知っているつもりなのに、どうして瑞元硝子のそれは壊したいような気がするのか。

「GLASSの、あのバイタリティは、ある意味尊敬してるけどね」

乙文は、そう言いつつ苦笑している。

「……共演するんだって？」

「ん？　俺と？」

ほかの誰のことだと思ったのだ。芹はアジといっしょに漬かっているオニオンスライスを口に運んだ。

「また主演なのか？　来年の木10って聞いたけど」

「主演じゃないって」

乙文はまた苦笑して、

「さすがにツークール続けてメインはきつい。トメだけど、出番は少ないっていう、ある意味儲《もう》け役なんだが」

と、ここでやにわに声を低めた。

「——主演は、奥寺さん。人に言うなよ？」

急に接近した顔にどぎまぎしながら、芹はふんふんうなずいた。

「ってか、奥寺さんが？」

役者仕事は請けないと聞いていたが。

「脚本家が、奥寺さんがダメなら、企画じたいを白紙にするって言ってきたらしい。すごいよな。そこまで請われるって」

乙文は、ちょっと悔しそうに、芹でも知っている高名な脚本家の名を言った。

「でも、今日、奥寺さんいなかったよね。そんな話、誰もしてなかったみたいだし——」

「だから、トップシークレットだって最初に言っただろ」

「そ、そうか」

そんな機密事項を、俺なんかに明かしてしまって、いいのだろうか——。

という以前に、それはなんでだ？　今日はやけに、疑問が多い。

「それに、今コレクションでパリだし。制作発表もまだまだ先なのに、帰国を早めさせるほど馬鹿じゃないんだよ、エトーさんはさ」

乙文は、いつも衛藤の名を口にする時の、少しだけ馬鹿にした調子になった。

本来なら、ここでむっとするところだが、今はなんだかほっとしている。ガキの頃の話だとしても、衛藤を好きだったなんて初めて知って、そのことで胸が波立っている。

それは認めないわけにはいかないのか。でも、それもまた、どういう心情ゆえなのだろう。認めたくないなんていうことは。

いつかまた、乙文は衛藤を好きになるかもしれない。それが怖いのか。しかし、その衛藤は瑞元紙を想っているわけで——誰も幸せになれない図式ができあがる。

乙文自身の気持ちは、今どうなのだろう。

そういえば、ひとのことばかり指摘しているが、乙文じたいのことはなにも明かしてはいないのだった。

それは狡いんじゃないか？　思い、狡いという感情を抱くのもおかしな話なのかもしれないと、吐き出すことを自重した。

居酒屋を出る頃には、もうだいぶ夜も明けていて、今日は授業のない土曜日とはいえ芹は当惑した。

そんな胸中を見透かしたかのように、

「送るから」

隣から、いやに頼もしいセリフが出る。

「えっ、いいよ」

心細い気持ちが、その一言で強化に転じ、芹はしゃんと背筋を伸ばした。

「タクシーチケットもらってるし、そんな呑んでもないからだいじょうぶだよ」

「そう？　じゃ、またな」

芹は、二度めの「えっ」を、心の中だけで発した。それはそれで、なんかあっさりしすぎてませんか……。

しかし、事実乙文はすでに背を向けて、さっさと大通りに向かっているし、そこできっと、彼は車を拾うのだろう。

なら、便乗させてもらうぶんには、やぶさかではないというのが本音だった。

——なんだよ。

憮然《ぶぜん》とするところではないのだが、やはりそうなっている。期待していたということか。

なんだか納得がいかない。

あきらめて、芹も街路に踏み出す。自分の道は、自分で切り拓《ひら》いていかねばならないのだと、使い古された常套句《じょうとうく》が浮かんでいた。

「おい」

「うひゃあっ」

そんな時に背後から声をかけられては、跳び上がるのもむべなるかな。

だが、なぜか戻ってきた乙文は、

「やっぱ送る」

涼しい顔で、そう言った。

5

「お邪魔します、『é-BLEU』ですー」

いつものように声をかけながら入っていくと、「お疲れー」という声がそこここで上がった。「É-スタジオ」のオフィスフロアに、今日はいつもより在席者が多い。

「ランチバッグをお届けに上がったんですが——」

カウンターの前で、芹《せり》はためらう。昼食時でこの布陣に対し、オーダーは一人分である。もし、追加ということになれば、そうとう忙しくなるのだが。

「衛藤《えとう》の分だけですよ、だいじょうぶ」

吉田《よしだ》が、わざわざカウンターまで来て言う。

「そ、そうなんですね……」

動揺を見抜かれている、というのはまた、新たな動揺を誘うものだ。芹はへどもどと、カウンターを回りこんだ。

「あ、どうも。お疲れ」

衛藤は、ソファの上にいた。くつろいでいるのではなく、書類を読んでいたようだ。紙束を無造作にテーブルに放り出すと、姿勢を正した。

「お疲れさまです……」

芹は、運んできたランチバッグを、書類を避けて置く。

「いつもの、モカブラック、ショートサイズと伺ったのですが」

「そう。それで問題ないよ」

言って、衛藤はふあっと伸びをした。

「あー疲れた。っていったって、べつに重労働したってわけでもないいんだけどね」

その動作をも恥じるみたいに、自嘲《じちょうてき》的な笑みを浮かべる。

神経質。クールでクレバーなニヒリスト、という乙文《おとふみ》の評価にはすべて同意できないものの、神経質という部分は、なんだか腑《ふ》に落ちた。がんばってるとか、苦労しているとか、その類《たぐい》を他人に察知されたくない人なのだ。

そういえば、衛藤がしょげているところは、見たことがない。

「社長さんともなれば、いろいろお疲れになることはあると思います」

「え、なに。労《ねぎら》ってくれてるの？」

いつもならたやすくどぎまぎさせられるやりとりだったが、いたずらっぽい笑顔になった衛藤を、そのまま信じこんで舞い上がってはいけない。

なんのことはない、はねつけたはずの乙文の見解に、まんまと影響されてしまっている。フレンドリーなのも表向きだけ、と、今まで浮かべたこともなかった概念がインプリンティングされているという、なんだか腹立たしい環境。

「お、今日はスモークサーモンか」

衛藤はランチバッグを開け、嬉《うれ》しそうな声を出す。

スモークサーモンとクリームチーズを挟んだコールドサンドウィッチは、「é-BLEU」の看板メニューの一つである。

「今日は、ケッパーの代わりに、ホースラディッシュを使ってます」

「そうなんだ？　俺、ホースラディッシュ好きなんだよね。あんまり、日本じゃ見かけないけど」

「俺も、ローストビーフに添えてあるぐらいでしか見ませんよ」

芹は、プラカップの蓋《ふた》を開け、すべての行程を無事にすませた。

「なんか、猛烈に腹減ってきたな。ありがとう、セリちゃん」

衛藤は、すでに見馴《みな》れた、鷹揚《おうよう》な笑顔で言う。

「……ゆっくり召しあがってくださいね」

平常心を己に命じていたのだが、やはり心をざわつかせずにはいられなかった。

この笑顔に、乙文もやられたのだろうか。

――いつもとは違ったことが胸に浮かんでいた。それに気づいて、芹の心音が一つ、深く刻まれた。衛藤に笑顔を向けられたというのに、即座に乙文を連想するなんて、あってはならないことだ。でも、とっさに浮かんでしまった面影《おもかげ》を、なかったことにはできない。

乙文といえば、あの日、タクシーに同乗して芹のハイツまで行き、芹を降ろし、「じゃあ」と、あっというまに走り去ったのだった。

料金とか礼とか、そんな心づもりは全部、あらかじめ受け取るつもりがなかったということだ。

こちらに気を遣わせないようという配慮なのかもしれないけど、「じゃあ」のみっていうのは、どうなんだ。

それだけ、芹には興味がないということなのか――わざわざ追いかけてきて、強引に居酒屋に連れこんだくせに。自分の用件がすんだら、さっさと「じゃあ」かよ。

だが、そんな不満は恩知らずだともわかっているから、始末が悪い。別れた後、思い直して戻ってきた。そんな乙文を、冷淡な男と決めつけるのには無理がある。

ここのところ、乙文のことを長考する傾向がある。芹は、その面影をあわてて振り払った。

これ以上胸を騒がされるなんてごめんだ。

店に戻ると、ランチタイムの客が増えていた。常連のOL二人組。「E-スタジオ」のタレント目当てではないから、テーブル席で静かにレディースセットをつついている。本日のサンドウィッチもしくはパスタにサラダ、スープ。デザートに好みのドリンク。デリバリーとほぼ同じメニューだが、パスタを選べる点に店で摂るメリットがある。

「お帰りー。お疲れ」

店内にコーヒーの芳《かぐわ》しい香りが広がっている。平岡《ひらおか》は、サイフォンを洗っている最中だった。

芹はエビアンの一リットルボトルを手に、テーブル席に近づく。空になったグラスに、それぞれ水を注《つ》ぎ足してまわった。

OLさんたちは、コーヒーを口に運びながら談笑していたが、一時が近づくと立ち上がる。つられたように、他の客たちも次々と腰を上げ、カウンターで英字新聞を読んでいる男客のみになった。店ははやっているほうだと思うが、エアポケットに入ったみたいにぽっかりと無人になる瞬間がある。ティータイムまで一時間。

「セリちゃん、お昼にしたら？　バックヤードに賄《まかな》い準備してあるよ」

「あ、はい」

平岡が厨房で洗いものをはじめ、芹がギャルソンエプロンを外しかけた時、ドアが開いた。背中がにわかに緊張を帯びる。新客は、瑞元紙《みずもとかみ》だった。

「あの——今、店やってないんですか？」

人気のないの店内を見て、遠慮がちに問う。

「いえ。営業しております」

動揺しつつも、芹はなんとか営業スマイルを作った。

瑞元紙は、ほっとしたように窓際のテーブルに着く。芹が水とメニューを運んでいくと、

「カフェ・オ・レを」

まるで店に入る前から決めていたかのように、きっぱりと言った。全体的に受け身な人らしいと見当をつけていたので、その迷いのなさがやや意外だった。

しかしその後、芹の顔をまじまじと眺め、

「あの、どこかでお会いしませんでしたか？」

不思議そうに言う。

「どこかというか、ここだと思います。GLASSさんのパーティの時じゃないかと」

「あっ」

ようやく思い当たったていで顔を輝かせたが、すぐにしゅんとして、

「すみません……ひとの顔を覚えるのが苦手で」

しんからもうしわけなさそうなので、芹はなぜか同情してしまい、

「だいじょうぶだと思います。お仕事に支障をきたさない程度なら」

励ましてしまった。

「そうですね——でも、もう覚えました」

紙は、素早く立ち直ったようだった。

「弟が、いつもお世話になっております」

おもむろに腰を上げ、一揖《いちゆう》する。

——なんというか……天然？

カウンターにとって返しながら、芹はおかしさをぐっと嚙《か》み殺す。

「カフェ・オ・レ、ワン入りました」

厨房に声をかけ、平岡と交代して洗いものにとり組む。

それにしても、とやはり考えるのは瑞元紙のことだ。

衛藤とは四歳違いだったはずだから、二十七、八歳。立派な大人の男である。

いや、子どもっぽいというわけではない。どこから見ても、普通のサラリーマン。特別不出来とも思わない。

しかし、どことなく小動物的愛らしさがあり——年上に愛らしいなどとは失礼だが——、そしてドジっ子。

衛藤も、父性本能を掻《か》きたてられているのかもしれない。

年下の自分がそう感じるのだから、あながち的外れな予想でもあるまい。

なんだか、毒気を抜かれたみたいだった。あの人ならしょうがないか、などと思っている。

しかし、敗北を認めなければならない場面でおぼえる口惜しさ、はやってこなかった。

洗いものを終えてカウンターに戻ると、窓際の席で紙はうつむき、携帯をいじっているようだった。

いや、よく見るといじってはいなかった。ただフリップを開いた状態で、画面を凝視している。

アダルトサイトのエロ動画に見入っているわけではあるまい。そういうタイプの人ではない。

むしろ――電話かメールを送ろうとして、だがそうする決心をつきかねている、というふうに見えた。

芹は、なんとなく目が離せずに、そんな紙を凝視する。

ややあって、紙は肩で大きく息をつくと、ボタンを押した。同時に立ち上がり、店外に出ていったから、メールではなく通話だとわかる。

なにやら思いつめたふうである。そういえば仕事中なのだろう、このあいだと似たようなスーツ姿。この暑いさなかにジャケットまできちんと着ているところが、紙らしいと思ったが、らしいといったって彼のことを、芹は詳しく知っているわけではない。

再びドアが開き、紙が戻ってきた。席に腰を下ろす。

それきり、ぼんやり窓の外を眺めている。どこか上の空といった様子だった。

するると、二分もしないうちに、ドアが開いた。芹ははっとする。入ってきたのは衛藤だった。せかせかした足取りで、まっすぐに窓際のテーブルに向かう。いらっしゃいませ、を、芹は言う暇もなかった。

「――アイスティー。ストレートで。ガムシロップは要らない」

水を運んでいった芹に、衛藤が迷いのない口調でオーダーする。好きなモカは、さっきも飲んだから、ということか。どうでもいいことが頭の中に渦巻く。この店で、衛藤が紅茶をオーダーしたことは、芹の知る限りなかった。

「アイスティーワン、入りました」

聞こえているだろうが、慣例としてオーダーを繰り返す。平岡は指で丸を作ると、気遣わしげに彼らのテーブルを見やった。

コーヒーの香りに満たされた店内に、ベルガモットの芳香が混じる。トレイにグラスを載せ、芹はしずしず運んでいく。

「――見合いって」

衛藤が言ったところだった。芹はややうろたえた。見合い？

「上司が勧めてきたんだ。受けようと思う」

そんな重大なことを、第三者の耳に入る状況で言っていいのだろうか。

しかし、衛藤も紙にも、芹の存在はとりあえず見えていないらしかった。

接待役でもない限り、飲食店の従業員とはそういうものだ、とわかってはいても、がっかりしてしまう。

とはいえ、そのおかげで芹は、衛藤の反応を間近で見とどけることができた。

「なんで」

衛藤の顔は、青ざめていく。

「なんでって。いつまでも一人でいるよりは、そのほうがいいかなって――専務の紹介だし……」

「出世につながるから？　おまえがそんな奴だなんて、あまり知りたくなかったな」

衛藤らしからぬ、シニカルな物言い。それだけ、受けた打撃が大きいということだろう。余裕を失うほどに。

ひいては、芹自身にも波及するはずの衝撃だった。なのに――静かな気持ちでそれを見ている自分がいる。ああやっぱり、衛藤さんはこの人のことが好きなんだな、と。

初対面で受けた、冴えない印象が変わったわけではないが、会話ともいえない短いやりとりをし、ぼんやり坐《すわ》っている姿を見ているうちに、衛藤が紙を好きになったことがうなずける気がしている。放っておけない、という意味で。長く接したら、自分も庇護欲を掻き立てられるかもしれないと思った。そして、そう思うことは芹を不思議と傷つけない。

いつまでもそこにいては、不審を抱《いだ》かれてしまう。たとえ彼らの視界に、芹が入っていなくてもだ。

芹が踵《きびす》をめぐらせたのとほぼ同時に、出入り口のドアが勢いよく開く。

「こんちはー。まだランチ食える？」

およそ場違いな大声。乙文は、大股に店に足を踏み入れてくると、あれ、と言った。

「珍しいのがいるじゃん。しかも、タンキチくんとツーショット。なんか嵐の前触れ？　この季節なのに雪が降るとか？」

「乙文、乙文」

たまらず芹は駆け寄って、乙文の手を摑《つか》んだ。

「お」

乙文は、ぎょっとしたふうに目を瞠《みは》る。傍若無人なくせに、なにを動揺しているんだ。

「大声出すなよ。今、深刻なんだから」

ひそひそとたしなめると、むっとしたふうに口を尖《とが》らす。ますますよけいなことを言いそうで、芹はそのまま乙文を引きずるようにしてカウンターの内側に連れこんだ。そこに二人してしゃがみこむ。

「……なんだよ、これが客に対して行うことか」

それでも、ひそひそ声になっているから、律儀《りちぎ》というのかなんなのか。

「その代わり、ランチは出すから」

芹たちにつられたのか、ひそひそと言い置き、平岡は厨房へ消える。

「なんだよ、深刻な話って」

「よくわかんないけど、瑞元兄がお見合いするとかって」

「は？」

乙文は、眉間《みけん》をせばめた。

「紙が？　なんで見合いなんか」

「俺に聞かれたって……あ、なんか専務の紹介だからとか」

「断れよ、そんなもん」

乙文が心外そうなのは、もしかすると今も衛藤が特別な存在だからなのか——そう思うと、なにか苦い気持ちがこみ上げてくる。

「だがまあ、そういうところで日和《ひよ》る奴でもないんだけどな」

しかし乙文は、自ら言ったことをそんなふうに打ち消した。

「俺もそう思うけど、でも……」

縁談を押しつけられたことを、わざわざ衛藤に報告しにくるのはどういった意味なのか。

理由を考えてみる。「あっ」

さっと、大きな手のひらが芹の口を塞《ふさ》いだ。

「ひとに文句つけといて、てめーが大声出してどうする」

「む――」

今心に萌《きざ》したことより、乙文の手の温《ぬく》もりのほうに気が逸《そ》れる。それは案外柔らかくて、芹の顔をほとんど蔽《おお》い隠してしまう。

心臓が、どくりと脈を打った。

「っ！」

「どういうことだよ、噛むって」

乙文は手を離したが、心外そうだった。

「噛んでないし。歯を立てただけだろ」

「いっしょだろ。おまえは犬か」

言い返してきた後、いや、と首を捻《ひね》った。

「どっちかっていうと猫っぽいよな。いつもふるふるしてる感じが」

「どうでもいいよ、そんなこと」

また小動物呼ばわりだが、言葉どおり今はいい。

しゃがんでいるので、窓際のテーブルの様子は見えない。声も聞こえてはこない。

そのことにいらつかず、聞くこともないと思える。さっきまではあんなに気にしていたのに、なんでだ。

「あのさ、もしかして紙さんのほうも、衛藤さんのこと」

最後まで、芹は言うことができなかった。

シャープな相貌《そうぼう》が不意にぐっと近づくと、唇が芹の言葉を押しこんだのだ。

乙文の、唇——あの肉厚の、セクシーな……というのは、テレビや週刊誌の受け売りだが、乙文のその、魅力のひとつである部位を、今自分が独占している——。

そこまで考えて、ようやく芹は自分を取り戻した。

のしかかるように傾いた長身を、思いっきり突き飛ばす。

「いて」

「な、なっ……」

叫びそうになって、はっと口を押さえる。

「——なにすんだよ、もう」

「ペナルティ」

乙文も、囁《ささや》き声で返してきた。

「ペナルティって」

「お客様の俺を、有無を言わさずこんなところに引っ張りこむし、他の客のことに気をとられすぎだし、あげく水も出しやがらない。完全に反則だろうが」

頭からピッチャーの水でもぶっかけてやりたくなる。そんな理由で唇を奪われたのでは、納得できない。

いや、なら、どういう理由でなら納得できるんだ?

「ほい、ランチプレートできたぞー」

平岡の声が割りこんできて、芹はひとまず、自分のことは後回しにする。

「カウンターのほうでよろしいでしょうか、お客様」

「まあそう、むくれるなって」

乙文がすっくと立ち上がる。

「珍しいラインナップじゃん」

「――キヨ」

「キヨちゃん」

二人の声が、シンクロする。

「なんだよおまえら、シカトしてたくせに今気づいたみたいによ」

そういえば、乙文は衛藤のいとこであり、瑞元紙の義弟でもあるのだった。

その衛藤と瑞元兄弟は、義兄弟になる――人間関係がややこしすぎるが、自分みたいな凡人とは全然人としてのカテゴリーが違うのだろう。

いつかもこんなふうに、疎外感をおぼえたことがあった。嫌な感覚が、蘇《よみがえ》ってくる。

「会計お願いできますか」

紙の声に、芹も立ち上がった。

「はい。ただいま。別にしますか」

レジはカウンターの中にある。

会計を分けるか訊《き》いたのは、衛藤がまだテーブルに着いたままでいたからだった。

紙はかすかに微笑《ほほえ》んで、

「いえ。まとめて下さい」

伝票を差し出す。受け取って、芹は衛藤に目をやった。ここからは、斜め後ろ姿しか見えない。だが、背中だけでもわかるくらい、落胆しているようだった。紙に会計を先んじられているのにも気づいていない様子。

芹につられて、というのでもないだろうが、紙も頭を巡らしている。

「千六百八十円になります」

ビジネスライクに努めたが、こちらに向き直った紙の顔を見て、芹ははっと胸を衝《つ》かれた。紙も、悲壮な面持《おもも》ちでいたのだ。もともと、繊細さを感じさせる顔立ちが、傷つけられた子どもみたいだと思った。

そして、さっき自分が浮かべた推論が、正鵠《せいこく》を射たものである、とも。

このまま紙を帰してはならない。そう思ったが、どうすれば引きとめられるのか、そのすべがない。従業員が客を引きとめる時は、つねに「もっとお金を遣ってください」という要求とセットになっていることを疑わない客はいない。その上、寸前の乙文とのアクシデントが脳裏をかすめたものだから、結局芹は、そのまま会計を終えてしまった。

ドアが開く。そのむこうに、紙の背中が消えていく。

視線を投げかけると、衛藤は固まったかのように同じ体勢のままいる。

追いかけなくていいんですか。見合いなんかさせちゃっていいんですか？

そんな分際でもないのに、駆け寄って揺さぶりたいような気になった。なぜだ。好きな人が失恋したっぽい状況で、切れた絆《きずな》をなんとか元通りにしたいと思う。その人には笑顔でいてほしいから、なんていうきれいごとなのか。そんな美しいストーリーなのか。この三か月の片思い。

いや——。

探り当てた解答を確認する間もなく、突如芹の右頰《みぎほお》に冷たく硬いものが押しつけられる。

「っ！　うひゃあ」

ヘンな声を発するとともに、跳び上がってしまった。

押しつけられたものをまじまじと見る。百円硬貨のパックだった。五十枚が、棒状にパッケージされている。

「レジぐらい閉めとけ。おまえのおかげで強盗に狙われたら、弁償させるぞ」

棒を握った乙文が、傲然《ごうぜん》と言い放つ。悪魔めいた笑顔。

「――あんたの店じゃないだろ。弁償とか、偉そうに」

「それとも、あれか」

乙文は、芹のつっこみなど聞こえなかったかのように続けた。

「俺の自前の棒で、撫《な》でてやろうか？」

芹は絶句し、にやにや顔を睨《にら》みつけた。「変態！」


あいつは偉そうで、何サマの俺サマで、いつも人をからかってばかりで、その上、品のない下ネタを真っ昼間からかっ飛ばしてくるわで、もう最低じゃないか。

早番を上がって――ＧＬＡＳＳの後がまが初出勤の日だった――途中でスーパーマーケットに立ち寄り、部屋に帰り着いた芹は、ふうっと嘆息した。

いつも以上に疲れているのは、きっと暑さのせいだ。べつだん、乙文の品性下劣っぷりにやられたわけではない。断じてない。

――俺の棒で撫でて……。

背筋がぞわりとした。連動するかのように、下半身が反応してしまう。

芹はおおいにあわてた。いやいやいや！　ここで勃《た》ってる場合じゃありませんから。それじゃあいつの思うつぼじゃないか。

なにが、思うつぼなのかは知らないが。

しかし。

乙文の唇の感触を、芹のそこが覚えている。しつこくつきまとって離れない、明け損ねた梅雨《つゆ》の大気みたいに、蒸し熱く。

そっと手の甲で触れてみた。キスなんて、あの男にとってはたいしたことなどなくて、ただ芹を黙らせるための手段だったにすぎない。だいいち、キスなんて公私入り混ぜて日常茶飯事だろうし。仕事でもプライベートでも。

そのことがよぎると、胸になにかの塊《かたまり》がせり上がる。ざらざらした側面が、芹の内側を擦《こす》っていく。

意味なんかないんだと己に言い聞かせつつ、率先して意味を探している自分。それはなんと滑稽なのだろう。

「もうそれは、いいから」

声に出してつぶやくと、胸のざらつきがいくぶん軽減したように感じた。

それよりも、とあわてて俎上《そじょう》に載せたのは、もちろん衛藤と瑞元紙のことだ。

なんだかんだ言って、あの二人は普通に両思いなんじゃないか。ただ、お互いそれを無視しているというか、見ないようにしているふしはある。

それは、義理とはいえ兄弟として育った時期があるからか。同性、それも家族との恋愛関係を、積極的に結びたい人間はまあ、少数だろう。でも、兄弟といっても血のつながりもないのだ。少しだけタブーに目をつぶれば、二人とも幸せになれるのに。というか、恋する者にとって、そんなものは瑣末事《さまつじ》じゃないか――それは極論すぎるにしても、暗い表情で顔を背けあったまま、紙は見合いで再婚し、衛藤は……衛藤はどうするのだろう。

恋心はこのところ曖昧《あいまい》になっているとはいえ、衛藤はやはり、芹の憧れであり敬愛する人生の先達だ。

あの、おおらかな笑顔。決して人に嫌な感じを与えない柔らかな物腰と、謙虚さと誠意を表す言動。それでいてひとつの会社を引っ張っていく強さ、部下から慕われ、同業者からは先輩後輩問わず、一目置かれているという話。

あたりまえだ。この俺が好きになった人なんだと思い、今のはちょっと、そう乙文っぽい傲慢《ごうまん》な物言いだったと鼻白む。どうして、些細《ささい》な思考の隙間《すきま》を衝くようにして、あいつが入りこんでくるのか。

昼間、店で考えかけてやめたことが、じわじわ頭に広がってきている。ほんとうは、好きな人はもう衛藤ではなくて……。

違う違う。芹は急いでかぶりを振った。今は自分のことは後回し、と、囚われかかった仮説を頭から追いやった。

衛藤と瑞元紙は、お互い思いあっているくせに、どちらも次の一歩を踏みこまずにいる。踏みこまないのか、踏みこめないのかはわからないが。

案外、相手の出方を窺《うかが》っているだけなのかもしれないと思う。いや、そんな状況で十年以上もぐるぐると、決して肩を並べることのないウォーキングチェイスが続くものだろうか。いい大人が――いい大人だからなのか。

二十歳の芹には理解できない。衛藤はもともとゲイなわけではない。乙文の言葉が耳の底に再生された。ただ、瑞元紙が瑞元紙だから、好きになったのだと。

なら、紙のほうでも同じなのではないだろうか。とりあえず、結婚していたことがあって、今も見合い話に乗ろうとしているのは、根本からゲイではないからだと推察される――まあ、この仮説は精度微妙か。異性と婚姻関係を結び、セックスして子どもを作るゲイだっているわけだ。女もいけるバイセクシャルだから、というわけでもなく、自らのDNAを次代につなぎたいという、いわゆる本能的な種の保存。

最初の結婚では、子どもはもうけなかったようだが、紙もまだ二十代、見合いだろうが妻を迎え、彼女に先立たれない限り、子を成すことは自然な流れ。

胸が痛んだ。あくまでも仮説だが、そんなことになったら、衛藤がどれだけ傷つくかと――でも彼は、決してそれを表には出さないのだろうし、打ちひしがれながらも、あの寛容な笑顔を見せもするだろう。

気づいていない周囲の者はともかく、知っている以上、芹は彼らと同じではいられない。なんとかしなくては。

またごく自然に、そういう結論が出る。むろん、自分にできることなど、おそろしく限られているだろうが。

「――は？　おまえ、何言っててんの」

乙文は、たっぷり醤油《しょうゆ》をかけたアジフライに箸先を入れながら、眉根を寄せた。非難しているふうに見えて、芹はむっと口を尖らせる。ついでに言えば、アジフライにはソースだろう。

だが、コミュニケイトはあきらめない。

「だから、俺たちでなんとかできるんじゃないかって……」

きつねうどんのつゆを、意味なく掻き混ぜながら、芹は繰り返した。

二人が囲んでいるのは、民放テレビ局の社員食堂のテーブルである。土曜日。芹は思いつきを実現させるべく、乙文を訪ねてここまで出向いた。テレビ局や収録スタジオの認可証は、吉田が都合してくれたものだ。事情を知らない吉田だが、「セリちゃんなら信用できるから」ということで、内緒の譲渡が行われた。

「――シャチョーと紙を、くっつけようって？」

乙文からの問いかけに芹がうなずくと、口角がくいっと上がる。

「無理」

「って……」

重大事を持ちかけて、二音ではねられるとは。詳しいことを聞きもせずに、はねつけるとは。

「あのさ。あの二人がお互いの真意を知って、なんだそうだったのかと和解して、いつまでも幸せに暮らしましたなんていうの、幻想だから。女子中学生でも、今どき見ないようなファンタジーだから、絵に描いた餅だから」

「どうして、そこまで断言できるんだよ」

絵に描いた餅では空腹を満たせない。そんなことは、芹にだってわかっている。

「どっちかが、べつにそこまで好きなわけじゃない、なんてことはないと思う。そりゃ俺だって、自分の見立てが、なにがなんでも正しいとかは言わないけど……」

もどかしく持論を展開しようとしたのだが、いかにも語勢は弱々しいと自分でも感じた。

「いや、だからそうじゃなくってさ……」

乙文は、めんどくさそうに言い、途中で言葉を切った。

「なんだよ、そうじゃないって」

「……ま、なんにせよ俺はタッチしないから。ってかさ」

さらっと流したかと思えば、乙文は探るような目つきになる。

「おまえ、シャチョーのこと好きなんじゃないの？　なんで、別の相手とくっつけようとしてんだよ」

「それは……」

あらためて問われると、困る。なにしろ分岐点は、目の前の男だったかもしれないのだ。そんな虫のいいことを、いちいち告げたくはない。自分でも現金だと思っている。

「──なんだっていいだろ、今はそういうこと話してるんじゃないし」

「よくないさ」

すると乙文は、きらりと目を光らせた。芹の薄皮一枚を剝《は》ぎとるような、鋭い目だった。

「なんでだよ」

「俺が今、気になってんのはそこだから」

「………」

それはいったい、どういう意味なんだろう。だが、意味はどうあれ、乙文の気になることは、芹が口にしたくないことである。

「わかったよ。ちょっと協力してくれるだけでよかったのに。めんどくさい奴」

「おい、待て待て待て」

腰を浮かしかけた芹を、乙文のあわてた声が押しとどめる。

「だって、この話には聞く耳もたないってことだろ。だったら、長居するだけ時間の無駄っていうか」

「せめて全部食ってから去れよ。おごりだと思って、金持ちの食い方しやがって」

「どういう食い方なんだよ、金持ちのって」

「おまえ、真っ先に揚げを食っただろ」

「……それが？」

「きつねうどんを揚げから食う奴なんて、揚げのありがたみを知らないに決まってる。揚げを食っちゃ、ほぼ素うどんになる。で、うどんはほとんど食わずに席を立つ……あきらかに金持ちの所業だろうが」

どういう理屈だ。しかし、一瞬芹は納得し、ふたたび椅子にかけ直してしまった。その主張はおかしいとは、ふたたび箸をとった後で思った。

「――べつに、あんたに無駄遣いさせるつもりなんかない。揚げからいって、うどんを残したことなんて……小学三年の時に、インフルにかかった時ぐらいしかないし」

朝から調子が悪くて、昼食に出されたきつねうどんを、芹は半分も食べないうちにテーブルに突っ伏してしまったのだ。

あの頃はまだ、自分の性的指向がどうかなんて、悩む以前に気づきもしていなかった。

よけいな記憶まで蘇らせてしまい、芹は憮然《ぶぜん》とした。

「まあ、おまえが健気《けなげ》な奴だってことは、わかったから」

乙文は、話題を戻したようだった。嫌がっていたふうなのに、急に乗る気になったのだろうか。うどんを啜《すす》りながら、芹は上目に向かいの男を見る。

乙文は急にそわそわとしはじめ、視線を宙に泳がせた。あ、と声を上げる。

「ちょうど関係者がきたから、ご意見を伺おうじゃないか」

「……関係者？」

「おーいガラー、こっちこっち」

ぎょっとして、芹は乙文の視線を追う。嫌な予感を渦巻かせるまでもなく、そこにいたのは瑞元紙の弟、GLASSこと瑞元硝子《がらす》だった。

「なんだよキヨ、なんで一般人とこんなところで飯食ってんの」

イッパンジンと、硝子は力強く発音する。そこを強調したい気持ちだけは、よく伝わってきた。

「今、お台場共和国やってんだろ。遊びにきたんだよ、ミーハーな一般人だから」

違うよ。否定したい気持ちでいっぱいだが、そうなれば来訪の真の理由を口にしないわけにはいかなくなる。関係者、というのはそういうことだったか。たしかに、自分よりははるかに関係者だろうが。

「だからって、局の食堂でタレントと差し向かいで飯、って。なんかIDカードぶら提げてるし。そんなイッパンジンっている？」

硝子は、つけつけと言う。芹の胸のあたりに燃えるような視線をあててくるので、芹はそこから自然発火でもするんじゃないかと、馬鹿な妄想をしてしまった。

「まあいいじゃん。俺が誘ったんだし」

「キヨが!?」

いよいよ険しい顔になり、硝子が芹を睨みつけた。

衛藤みたいに、飄々《ひょうひょう》と真意を躱《かわ》していかれるのもむずむずするが、胸中がダイレクトに表情に出る相手も、それはそれでまた困る。あからさまに「お前、邪魔」と言われては、苦しいいいわけすら無意味と化す。

「それよりさ、お前この話、どう思う？」

えっ、と芹は向かいの男を凝視する。

ちゃっかり乙文の隣に腰をかけ、硝子は媚《こ》びるような視線で彼を見上げた。

「なにが」

「AさんとBさんは相思相愛。周囲はみんな、そのことを知っている。でも当のAさんとBさんは、互いの気持ちを知らず、今日も明日もすれ違い。そんな二人を、くっつけるべくキューピッドとして立ち上がったのが、Aさんに片思い中のCくん。そんな切ないラブストーリー」

「陳腐《ちんぷ》だね」

まあそんなところだろうとは思っていたが、即行で一刀両断しなくても、と身を縮めつつ芹はうなだれる。

「っていうか、偽善？」

その語を聞いて、はっと面《おもて》を上げた。

「なにかたくらんでるとしか思えない、そのCって奴。くっつこうがくっつくまいが、そんなのAとBの勝手だろ。勝手に意思疎通を図ってない奴らを煽《あお》って、かえって泥沼化する効果を狙ってんでもない限り、よけいなことすんなって思うね」

「ほー」

乙文は、にやにやしながら聞いている。

芹はだんだん腹が立ってきた。AやBを個人特定しているのかいないのかといえば、たぶん硝子にはわかっていないだろう。

しかし、一般論としても、論外と決めつけられるのは不服だ。かえって泥沼化、だなんて狙ってもいないし。ましてや偽善だなんて。

が、偽善という語にぴん、と神経を弾《はじ》かれたのもたしかだった。なにより、たとえ話でいえばAさんとBさんの弟にあたる者の意見である。これで芹が乙文を巻きこんで動いたら、硝子は激怒し、偽善者と詰《なじ》ってくることは明白だった。

シミュレーション終了。芹に移した乙文の視線が、そう語っている。

「それより、おまえ本番じゃないの？」

腕時計をちらと見て、乙文は後輩をうながした。この局で有名なバラエティ番組の、人気コーナーにゲスト出演するらしい。

「そうだけど、でも——」

硝子はなお、邪魔だよ光線を芹に送っている。

「すっぽかしはよくないな。前科持ちなんだし」

「！　意地悪だな、キヨ」

「事実を把握し、慮《おもんぱか》っただけだろ」

「フン」

硝子はしぶしぶといった様子で立ち上がる。置き土産みたいに、ひときわ険しい一瞥《いちべつ》を芹にくれると、食堂から出ていった。

「——だそうだ」

「……意地悪だな、キヨ」

「なっ——」

硝子を踏襲しただけなのに、乙文はうろたえ、心外そうな目つきになる。

「俺はただ、下手《へた》に動いたら、ああいうやかましい関係者から、いたずらに憎まれることになるっていうことをだな」

「あの関係者は、クリアできるんじゃないの？　あんたが一枚噛《か》むだけで」

乙文は、虚を衝かれた顔になる。が、すぐに、

「俺は嫌だってんだろ」

念入りにも二度、お断りされてしまった。

「なんでだよ」

「いろいろあんだよ」

「好きなのは衛藤さんなのに、気のすすまない見合い話に乗るようないろいろが？」

「――あ、俺もそろそろリハの時間だ」

絶妙なタイミングで、乙文が立ち上がる。

嘘つけ。そんな気持ちが出ていたのか、眩《まぶ》しげに目を細めて芹を見下ろしてくると、

「また、時間のある時にな」

信頼性の薄い言葉だ、「またそのうちに」。そんな約束は、古来から口先だけのものと決まっている。

食堂でぽつんと一人になると、さすがに心細い。パスを持っているといったって、硝子に指摘されるまでもなく、芹は一般人である。

だが、うどんがまだ残っている。金持ちの食い方？　冗談じゃない。丼を引き寄せ、芹はわしわしとうどんを掻きこんだ。

6

結局、なにもできないまま一週間。大学は夏休みに入り、芹はバイトのシフトを開店からティータイム終了の六時までの完全早番に切り換えた。芹以外は、時間の空いた「E－スタジオ」の若手ばかりだから、どうにでも組み替えられるという平岡に、甘えた形。

これで夏休みの間は、普通に友人と遊んだり、呑みに出る機会も増えるだろう。喜ばしいことだ。

だが喜んでいるだけでいいのか。衛藤と瑞元紙のことが、頭にずっと残っている。相思相愛なのに、互いの意思を確認しようとしない二人。乙文は、なにか理由があるみたいなことを匂わせていたが、予想通り「また時間のある時」など来ないわけで、そうなると芹には手も足も出ない。よけいなことをするなという、乙文の言葉だけが頭の中でリフレインする。その度腹立たしいのは、言ったのが乙文だからなのか。いいかげんな言動でその場を胡麻化《ごまか》す、大人の流儀というやつ。乙文でなければ、いつものアレですね、と芹だって空気を読めないわけではないのに。などと思う自分は、なんなのだろう。

衛藤はふだんと変わらないようで、二日に一回は、ランチデリバリーのオーダーが入った。芹が運んでいくと、「お、ありがとう」といつもの鷹揚な笑顔。

だがなんとなく、その笑みが作られたものであるように感じた。屈託を抱えていることを、周囲に悟られたくないための、演技。

穿《うが》ちすぎだとわかってはいる。「瑞元紙に思いをうちあけることができない」という設定が頭の中にあるから、笑顔のむこうに翳《かげ》があると決めつけてしまうだけだ。

でも、自分の想像が、百パーセント見当違いだとも思えないのだ。

さらに一週間が過ぎる。バイトを終えて、店の裏口から外に出た芹は、そこに衛藤の後ろ姿を見つけてぎょっとした。

「衛藤さん――」

声がうわずってしまう。衛藤が振り返った。

「お、セリちゃん。お疲れ」

――タバコか。

そこに置いてある灰皿に、用があっただけだとわかる。全館禁煙、が原則のビルである。オーナーなんだから、社長室ぐらい喫煙可にしても、誰も咎《とが》めないのではないだろうか。

とはいえ、そこにいる衛藤を見るのははじめてだった。グリーンのペンシルストライプのシャツに、ベージュのボトム。上着もネクタイもなく、どちらかといえばラフなスタイル。

なんだか邪魔したみたいな気になる。すいません、と芹が通り抜けようとすると、笑った声が、

「べつに、謝らなくていいよ」

と言う。シャツに合わせてか、今日のサングラスは薄緑色だ。リムレスで、メタルらしい細い弦《つる》が耳にかかっている。

「す、すみません。ではお先に……」

二度も謝ることになった。ドアを開けた時に飛びこんできた背中が、どこか寒々としていて、そんな姿を見てしまったことへの「すみません」だった。しかしそんなのは、ただの芹の主観にすぎず、衛藤はただ、くつろいでいただけかもしれないのだ。

「いやいや」

まだ半分ほど残っているタバコを、無造作に灰皿に投げ入れ、衛藤は背中を向けたまま手を上げた。裏口のドアが閉まるまで、芹はなんとなくそこで見守っていた。

ふうと息をついて歩き出そうとした時だ。ふたたびドアの開く音がした。

「セリちゃん、これから何か予定ある？」

「はい？　……家に帰るだけですけど」

「そう。飯でも行く？」

「えっ。は、はい」

驚きのあまりOKしてしまう、というのはどういう反射神経のなせる業《わざ》なのだろう。応えた後で、そう思った。

「じゃ、そこで待ってて。いったん階上行ってから、車を回すから」

芹に熟考の余地を与えず、ふたたび衛藤はドアのむこうに引っこんだ。

自分的には、嬉しい予想外の展開、なのだろうか。降って湧《わ》いたような食事の誘い。だが浮かれるというよりは、疑念のほうが上回っていた。二か月前の芹なら、手放しで喜んだだろう。だが衛藤一波《いちは》という男の、単純そうに見えて意外と複雑に混《こ》み入ったキャラクターがわかってきた。クールでクレバーなニヒリスト。今となれば、その乙女の言い分もうなずける。だがやはり、どうしてそうなのかがわからないと思ってしまう。衛藤といい、乙文といい、潔《いさぎよ》くない。それが大人の男というものなのか？

たしかに芹にもおぼえがある。相手の性指向を互いに知らずにいるなら、自分がそうだとは言いにくい。

八月の路上は、まだ日も完全に暮れておらず、西空でぎらつく太陽が、今は盛夏なのだと主張するようだ。日中は容赦なく照りつけ、夕方から夜は放射熱で焙《あぶ》る。十分ほど戸外にいただけで首筋が汗ばんでくるのを感じ、芹はTシャツの袖《そで》で湿った肌を拭《ぬぐ》った。

その時、表通りのほうから、スカイブルーのプジョーがゆっくりと回りこんできた。衛藤の車だ。音もなく、芹に近づいてくる。

「お待たせ」

助手席側の窓が開いて、こちらに身を乗り出した衛藤が笑う。

ドアが開いて、芹が乗りこもうとした時、遠くでなにか雄叫《おたけ》びのようなものが聞こえた。

屈《かが》んだまま視線をやった芹は、ぎょっとした。腕を回しながら走ってくるのは、乙文だった。

「なにやってんだよ！　おまえら！」

あっけにとられている芹の腕を摑んで車から引き剝がし、運転席を覗《のぞ》きこむ。

「なにって、飯でも食いにいくかと」

のんびりとした、衛藤の声。

「は？　なにスカしてんだよ！　だいたいあんた、車転がしてていいのか？」

「――免許取ったのは、十八の時だからねえ」

「俺は、今の話をしてんだよ」

「じゃ、きみが運転する？　ツーシーターだけど」

「ふざけんな。おまえ一人でどこへなりとも行けばいい。こいつを巻きこむな」

「あの……」

彼らがなんの話をしているのか、さっぱりわからない。運転していいのか、という意味のことを乙文が言った時には、ひょっとして無免許なのかと思ったが、免許は取得しているようだ。しかし、もし更新をしていないのであれば、失効している可能性はある。

そのあたりを確認しようとしたのだが、乙文は「どけ」と重々しく命じ、意外にも衛藤は
その言葉に素直に従った。

エンジンが唸《うな》りを上げて、あっという間にプジョーは遠ざかっていく。衛藤が運転してき
た時には静かだったのに、乙文だとけたたましいのは、どういうことだ。

衛藤を見やると、ポケットからまたタバコを取り出したところだった。壁に凭《もた》れ、煙を吐
く。

「あの、あの人はいったい、なにを怒ってたんですか？」

どこか投げやりなその挙措《きょそ》に、躊躇《ちゅうちょ》しつつも問うた。

衛藤はこちらを向いた。

「俺が運転するのは、法規に抵触するってことかな」

声はいつも通り、愉快そうなもので、内心芹はほっとする。

「それは、その——……免停中とかで？」

「いや」

短く答え、左手でサングラスに触れる。

「こっちの目が、著しく視力低下してるから」

とっさにはなにも言えなかった。たしかに、それなら「車に乗るな」と止められるのもわ

かるが。

「メガネでも、ダメなんですか？」

「矯正しても、0・1以上は出ないんだ」

「…………」

「二十六の時、ちょっとした事故に巻きこまれてね。これでも、見た目はそんなに違和感なくなったほう」

言いながらサングラスを外した衛藤の素顔を、芹は見つめた。眠たげな二重瞼《ふたえまぶた》の、特徴のある目。しかし、心もち左が外斜視気味なのがぱっと見てわかる。

モデルとして活躍していた衛藤だが、そういえば引退したのは六年前だ。理由を、芹は今まで聞かされていなかったが。

「そんなわけで」

衛藤は再びサングラスをかけ直す。

「運転なんてもってのほか、といとこは怒るんです」

「……まさか今までも？」

交通違反を犯していたのだろうか。

「気分転換に、この辺りを流す程度だけどね」

だが、違反は違反である。芹は口を噤《つぐ》んだ。これで、乙文のほうに非があるなんて言える

わけもない。

「や、それまで八年間は、無事故無違反の優良ドライバーだったんだよ？」

自分はどんな顔で衛藤を見ていたのだろう。苦笑しつつ頭に手をやる――咎めるような目になっていた？　芹は焦《あせ》る。

「じゃ、まあ、そういうことで。悪かったね」

え、と芹が思う間もなく、衛藤はまた裏手のドアの向こうに消えていく。

べつに車でなくても、食事ぐらい行けるだろう。でも、食事は口実で、気分転換のためにドライブしたかったのなら、取り消しにするのはおかしな話ではない。

芹はほうと、ため息をついた。そこへ、さっきとは逆側の角から、見覚えのある車が曲がってくる。さっき猛然と走り去ったばかりなのだが、乙文はただ一周してきただけなのだろうか。

そうらしい。芹の前で青い車が止まり、運転席側の窓がするする下がる。ものすごいデジャ・ヴを感じた。

「あいつはどうした？」

「……たぶん、オフィスに戻ったか、『é-BLEU』で一杯やってるか」

芹の返答に、チッと舌打ちして、

「ことと次第によっちゃ、飲酒運転も辞さないつもりだったか。いけずうずうしい」

なぜだかひどく、怒っている。

「いや別に、乗るなら飲むことはなかったと思う——けど」

語尾が遠慮がちなものになったのは、乙文の面に凶悪な色が表れたせいだった。そういえば、若手では珍しい、悪役を演《や》れる俳優だかなんだかと言われているのをどこかで聞いたことがある。

「くそったれの、優柔不断男が！」

乙文は乱暴にクラクションを叩き、芹は一歩後退する。

「——なにやってんだよ」

いや引いてるんですが……しかし、不機嫌フェイスに向かい、茶化すようなことは言えない。

「なにって？」

「早く乗れよ」

乙文が、リアシートを指した。

「え、でもこれって、衛藤さんの車……」

「残念ながらツーシーターだよ。あいつも乗りたいなら、屋根にしがみついてもらうしかない」

渋面の男は、にこりともせずに言うから、冗談ととっていいのか笑っていいのか迷う。

凶相ぶりに怖気《おじけ》づいたというのでもないが、芹は言われた通りに車を回りこみ、プジョーの助手席に収まった。

「――どこに？」

突進してきたことが嘘のように、車は静かに滑り出した。乗ったはいいが、どこに連れていかれるのかは、予想もできない。

「飯に行くところだったんだろ、じゃあどっかで飯でも食おう」

それなら、やはり衛藤もいっしょでかまわなかったのではないかと思ったが、この車には人数制限があるので、どのみち無理か。

というよりも、そもそも乙文が衛藤と同席したくなさそうなので、そんな案は成立するわけがないのだった。

「なにか食いたいもんは？」

不機嫌そうながらも、乙文は芹を尊重してくれるらしい。

「えー……と、ああ、こないだの店でい――」

「で、いいだと？」

「いや、こないだの店がいい」

一音の相違など、どうでもいいだろうに、いちいちつっかかってくる。以前なら、それこそ絶対に同席したくなかった相手なのに、今は、なんだかむきになっているみたいでおかしい、と思う余裕がある。違いといえば、芹の心中にあるものも、ずいぶん以前とは違ってきている。おそらくは乙文の実像を知ったことにより。口が悪くて乱暴だが、心は暖かい。意外と気を遣う側面もある。外見に反し、デリケートな男。

近づかなければ知りえなかった。知ったというのは、それだけ距離がせばまったということだ。では、知ってよかったのだろうか。芹はこっそり、隣の男を見上げる。それに気づいたように、乙文の視線が巡ってくる。赤信号。

「――ダッシュボード」

「は？」

唐突な固有名詞に、まぬけな声を発してしまう。

「中に、チョコレートが入ってる」

「……食べたいってわけだな？」

芹は確認して、ダッシュボードを開けた。なるほど、保冷剤にくるまれたベビーピンクの小箱が出てくる。

「ええと……」

蓋を開けたところで、迷った。ふたたび走り出した車の中で、ハンドルを握る乙文に片手を離せというのは――理論的に無理ではなくとも、暇なリアシートの者としては言い出しにくい。

芹はダークチョコでコーティングされたトリュフを摘《つ》まんで、乙文の口許《くちもと》に持っていった。

「——そっちの、N字形のやつ」

ところが相手は、好意を素直には受け取らない主義らしい。いったん拒否されて、芹はむっとしたものの、乗せていただいている以上、リクエストにはお応えしなければならない。

ココアベージュの、おそらくマイルドなミルクチョコに取り換えて運ぶと、乙文はぱくりと咥《くわ》えた、芹の指ごと。

「っ！」

芹は跳び上がってしまう。シートベルトを装着しているにもかかわらず、天井にがこんと頭をぶつけた。

「いてて」

「何やってんだよ」

乙文は朗々とした笑い声を上げ、どこかぎこちなかった車内の空気が和らいだように感じられる。ぎこちなかったのは、芹だけかもしれないが。

「——いきなり指舐《な》められたら、あんただってびっくりするだろ！」

「んー」

乙文はぐむぐむとチョコレートを口の中で溶かした後、喉仏《のどぼとけ》を動かした。

「相手にもよるかな」

言って、わざとらしく自分の指をぺろりと舐めてみせた。

「相手にもよるって……」

「芹とは、指を舐めるどころじゃないじゃんか、だって」

「！」

頬がかっと熱くなる。忘れようとしていたのに、下手人《げしゅにん》自らつついて掘り出すとは。あのカウンター下でのキス。

乙文は、横顔で笑んだ。

「いまさら恥ずかしー！　もないもんだ」

その口を、思いっきり抓《つね》り上げてやろうか……実行できないのは承知の上で、しかし衝動に駆られた。いまいましいと、少し前までは顔を見るたび浮かんでいた感情に、ひさしぶりに見舞われる。どちらかといえば、こういうほうが、乙文と自分の間ではあたりまえなやりとりで、緊張もせずにすむのではないかなどと考えてしまった。

やがて車は、見覚えのある通りに入る。コインパークの黄色い看板を見つけ、乙文はプジョーを駐車場に入れた。

「さて、呑みますか」

「――は？　あんた車だぞ」

「置いてけばいいじゃん」

「えっ」

そして後日、素面《しらふ》の時に取りにくるのか。この有名人が。

だがそんな予想は、まだまだ甘かった。

「俺の車じゃねえし。持ち主が取りにくりゃすむことだ」

「はあ？」

呆れかえった芹をよそに、乙文の背中はどんどん先へ行く。ジコチューっぷりをつっこんでいる場合ではない。見失わないように、芹もあわてて小走りになった。

「お、らっしゃい、キヨちゃん」

退勤時間を一時間過ぎて、店はほどよく混んでいた。二十四時間営業。乙文を認めると、このあいだのオヤジが威勢のいい声をかける。カウンターの客がいっせいにこちらを向く。が、特に騒ぎにもならないのは今日も同じだった。

「今日は、シャコが新しいよ！」

「おう、じゃ二人前茹《ゆ》でて――部屋、いい？　貸し切りたいんだけど」

「そいつぁちっと、困りモンだな、と言いたいところだが、キヨちゃんならいいや」

顔をてらてらさせながら、オヤジは快諾《かいだく》した。

この間と同じ、手前の小上がりに入る。六人掛けの座卓に二名では、たしかに店的に効率が悪いだろう。乙文の性格から、芸能人パワーにものを言わせて、などとは思わないが、貸し切りにしたい理由はなんだろう。

「どうぞー、お通しです——生二つで？」

「いや、チューハイ二つ。あと塩キャベツとトマトの塩麹漬《しおこうじづ》け、たたみいわし」

先日とは違うアルバイト学生風の青年は、さらさらとオーダーを伝票に書きつけると襖《ふすま》を閉めた。

「なんだよ？」

アルミ製の灰皿を引き寄せながら、乙文が目を細める。

「……衛藤さんが運転できない理由」

「ああ」

それだけで、芹が知ったことを乙文も知ったようだ。ショートホープの小さな箱をぽいと投げ捨てるように卓に放り出し、火をつけた後もライターを手の中でもてあそんでいる。

「——六年前、連中の実家が火事を出してな」

結局、語り出したのは、チューハイと簡単なつまみが並んでからだった。

「衛藤さんと、瑞元兄弟の実家ってこと？」

「ああ。親同士が再婚して住んでいた……その頃には衛藤も紙も独立して家を出ていて、中学生だった硝子だけが親元にいたんだが、ちょうど二人とも里帰りしてた時だった。火元は台所で、コンロの消し忘れだったらしい。上に寝ていた親たちと硝子、それに衛藤はすぐに逃げ出したが、紙の部屋は台所の隣だった。逃げ遅れた紙を助け出すために、衛藤は火の中に飛びこんだ」

「……それで、衛藤さんの目はその時に……？」

聞くのが怖いような話だが、確かめずにはいられなかった。燃え上がる部屋と、渦を巻く黒煙が、幻覚のように目裏に映し出される。

「顔そのものには、幸い傷が残らなかったんだが——火のついたキャビネットの角が、左目に入ったらしい」

芹は言葉を失った。同時に、衛藤がいつもサングラスで目を蔽《おお》っている理由がようやく理解できた。

「それで、衛藤さんと紙さんは」

「もともと好きあってるんだろうなとは思っていた」

乙文は、感情を交えない声で言う。

「だが、義理とはいえ兄弟だしな。血がつながってなくたって、ためらうところさ。そんなところへ、思ってもみないアクシデント。衛藤はともかく、紙はもう一生、自分の気持ちを素直に口に出すなんてできないだろう」

「そんな……」

「衛藤が失明しかかったこと、そのせいで第一線から退かざるを得なくなったことも、紙は自分のせいだと思っている。それは、誰が違うと言ったって――衛藤自身が気にすんなって いくら言ったって、あいつは一生、罪悪感で苦しむだろう。現に今もな。そういう性格なん だから、しょうがない」

「でも、衛藤さんはそんなこと、求めていないのに。それで、二人ともまだお互いのことに こだわってるみたいなのに？」

芹には納得いかない。

「無理だな」

だが乙文はあっさり断じる。

「紙がうちの姉貴とつきあいはじめたのは、そのすぐ後だ。ちなみに、姉貴と衛藤は中高と 同級生で、姉貴は前から紙を気に入っていて……翌年結婚して、二年で姉貴は死んじまった けどな。ああ、膵臓《すいぞう》ガン。事件や事故じゃないから安心しろ」

乙文は、頬を歪《ゆが》めて笑った。

「でも、だからって……見合い結婚するとか」

「二年もやもめ暮らししてたんだ。いいかげん喪も明けただろうよ」

「…………」

大切な相手を失《な》くした経験は、まだ芹にはない。そういうものだと言われれば、そうなの だろうなと受け入れるほかないのだろうか。それは、生涯、一人の相手だけと愛し愛されていくなんていうことが、ほぼありえないことはわかっている。殊《こと》に、芹のような性的指向の者にとっては、とりあえず身体《からだ》の欲求を満たすためだけにすれ違う、一夜限りの相手とのセックスなんて珍しくもない。たとえつきあったとしても、長続きしたためしはない――これは自分だけかもしれないが。

いや、そもそも衛藤を好きだったのなら、どうして紙は乙文の姉と結婚するに至ったのだろう。

嫌な考えというやつが閃《ひらめ》いた。ひょっとするとその理由は……しかし、当の妻の実弟である乙文に、推測をありのまま告げることはためらわれる。

「紙は、逃げてばっかりなんだよ」

だが、先んじて乙文が言う。

「ほんとうは衛藤を好きなくせに、自分のせいで人生狂わせたと勝手に思いこんで、衛藤と離れるために、手近な女とくっついてみたり」

「え」

今、自分が思ったのと、寸分違《たが》わぬ見解を示され、芹はやや焦る。この男、自分の胸の中を読んだのか？

そんなはずはないし、ありえないのに、自分が気づいたことに気づいたから先回りしたのかもしれない、と思うともうしわけない。芹は視線を伏せた。

「で、適当に貰《もら》ったその嫁に死なれたら死なれたで、愛のない結婚なんかしたことに罪悪感をおぼえ――そもそもの端緒が衛藤とのことだったから、やっぱり衛藤を望んだりなんかしちゃいけないんだ！　ってな勢いで、愛のない結婚パート2に踏み切ろうとする、見当はずれの男」

乙文は、投げ出すみたいに言う。顔を上げると、向かいの男は苦笑を浮かべていた。

「……そんなの、許しておいていいのか」

いとことして、義弟《おとうと》として。

「そりゃ許せないさ。許すつもりもない、べつに俺はシスコンじゃないけどな」

後半の念押しを、なぜか乙文はあわてたようにつけ加える。

「弟の目から見りゃ、姉貴はいい面《つら》の皮ってやつだよ……だけど、遺族感情としてはそうでも、全部わかってて嫁になることを選んだのも、姉貴の意思だからなあ」

「わかって……いたんだ？」

「そりゃまあ、あなた。あの女はあの女で、それでも紙といっしょになりたい一心。血はつながってないったっていとこなのにな。まさかそんな欲望を抱いているとは。俺は仰天したぜ」

「…………」

乙文姉からすれば、そうとう惨憺《さんたん》たる生涯だったと思うのだが、弟は予想に反してクールな発言だ。てっきり、義憤《ぎふん》に駆られての「許すつもりはない」なのだと解釈していた。だがそれほど、頑《かたく》なな思いでもないのだろうか。

「しょうがないだろ、それが姉貴にとって本望だったんだから」

「本望……」

やはり納得はできない。

「だって、経緯はどうあれ、好きな男と結婚っていう最終形態に持ちこんだんだしさ。先にくたばるのは、まあ運命だ。うまくいき過ぎたことへの代償だったのかもな」

「………」

やはり芹にはなんとも言えなかった。しかし、当の弟本人が断言するなら、そうなのだろう。乙文の姉は、それはそれで幸福に生涯を閉じたと――。

いや、やっぱりそんなふうには思えないぞ？　芹は胡乱《うろん》に、向かいの男を見やる。

さよりの刺身をつつきながら、

「片思いって、最強だよな」

乙文は続けた。「まさか」と反論しかかった芹をきれいに遮り、

「なにしろ、頭の中ではどんなハッピーエンドも思いのままなんだから。たとえ相手に恋人がいても、でも本当に好きなのはきみなんだ！　っていう流れを無理やり想定すりゃ、いくらでも妄想がつながっていく。こんなおめでたい思考回路は、片思いの中にしか、生まれな

いね」

乙文は、したり顔で「そうじゃない？」と同意を求める。

「そ……、そうかな」

聞いてみると、それはそれで筋は通っている気がする。しかし、得心がいくほどではない。

ためしに芹自身のことに置き換えてみると――よしんば衛藤といい雰囲気になって……つきあうことになったとしても、むこうには本命がいる。忽《ゆるがせ》にはできない因縁を持つ相手。

――その存在が開示された状態で、いくら片思いでも、表面上だけでも恋人関係になれて嬉しい、なんて、とても思えないだろう。だがそれは、自分がただ子どもだからなのか……。

「――わかんないよ」

芹は、カワエビの素揚げを摘まんだ。チューハイは、二杯目に突入している。乙文ときたら、今グラスを干してしまったら、すでに四杯空けたことになる。迷いのない動作で、襖を開け店員を呼んだ。

「チューハイ、お代わりね」

「呑みすぎじゃないのか」

さすがに芹は、指摘した。ん？　と、乙文。

「まだまだ、序の口だよ」

「え……」

呆れる。

今はほぼ俳優業に専念しているとはいえ、モデル業もこなす若手イケメン俳優という称号は、変わらぬ品質を公《おおやけ》に提供してこそのものではないのか――酒太りとかビールっ腹とか、イケメンとはほど遠い語が脳裏に畳かけてくる。呑み過ぎは、それとともに健康にもよくない。

「ま、そういう連中さ。横で見ていた俺が納得いかないぐらいだから、おまえが納得できないのも無理はない」

芹の関心が逸れている間に、乙文はそうまとめた。

言って、灰皿に置いていたタバコを咥える。酒の合間に紫煙を吐き出し、忙しい。

「でも……」

「好きで遠回りしてんだ。外野が割りこむような話じゃない――肩に自信のないセンターが、ダイレクトでホームに返球するような思い上がりだ。己を過信したら、確実に一点入るわけだ。賢いプレーヤーなら、自重するところだ」

「はあ……」

野球にたとえられても、あまりぴんとこない。要するに、無関係な者が口出しをする筋合いではないということか。

傍目《はため》には愚かしい堂々巡りでも、当人たちにとってはあきらめることが運命と受け入れているということなのだろうか。運命というか、責務？　愛から逃《のが》れるために、愛のない結婚をする。そのために一人の女を確実に傷つけてもかまわない。


極端に言えばそういうことだ。そんなの納得いかない。でも、乙文の姉はすべて承知で、紙と結婚したというなら、たしかに他人が口を出すことではないのか。

「わかったよ」

芹は言った。

「よけいな口は挟まないよ……そもそも、俺は衛藤さんの部下でも、瑞元さんの親戚でもないんだし――」

嫌味を言うつもりはなかったが、そうとでも考えなければ、この理不尽な話を呑み下すことはできなかった。

そういえば、乙文は衛藤に惚《ほ》れていたのだった。

急にそれを思い出し、芹は目の前の男を凝視する。

「な、なんだよ」

「今も、衛藤さんが好きなの？」

予定には、まったくなかった問いかけ。出してしまった後で、え、俺なにを蒸し返してんの、と自分で思うような言葉。芹ははっと、口を噤む。

「い、いや……」

あわてて撤回しようとしたのだが、乙文は特に気分を害されたということもないみたいだった。芹を遮り、

「気になる?」

にやりとする。

「き、気になるというか」

芹はへどもどした。

「ちょっと訊いてみたくなっただけだから」

どうにか今の発言を、なかったものにしたいのだったが、乙文はふうっと煙を吹き上げると、「どうかなあ」と含みを感じさせる言い方をする。

「………」

「な、わけないだろう」

思わせぶりも一瞬で、すぐに真顔で否定した。

「なんでそう思うんだよ」

「だ、だって……あの二人をどうにか、って俺が協力を求めた時、頭ごなしに拒否したし」

テレビ局の食堂でのやりとりを蘇らせながら、芹は言う。ああ、俺はそこにひっかかっていたんだなあと、今さらながらに理解した。

「くっつけたくないのは、まだエトーさんを狙ってるからって？　やれやれ」

だが乙文は、まさに「やれやれ」といったていで肩を竦《すく》める。

「俺、そんな迂遠《うえん》なやり方を好む男じゃないから」

その後、苦笑した。

「もし仮に、今も衛藤に惚れてたとすれば、ダイレクトに押し倒しますね。話はそこからだ」

「そ、そう……」

ダイレクトに衛藤を押し倒す乙文、が想像できてしまい、芹はあわててそのイメージ画像を頭から追い払う。

たしかに、そのほうがずっと、乙文らしい。どうして探り出すようなことを言ったのか。

いや、自問するまでもなく、答えはとうに出ていたのだと思った。

目の前でチューハイをがぶ呑みしている、この身も蓋もない男のことが、自分は――。

今さら確認するまでもなく、衛藤への恋心が、いつか乙文に向かっていた。どの時点でそうなったのか、自分ですらわからない移行。

衛藤と瑞元紙の関係を、正しいほうへ修整しようと考えたのも、好きな人の望む通りの結末へと導きたいとか、そういう健気な発想からではなかったのだ。あの時にもう、心は移ろっていたのだろう。

「ま、押し倒さないけどね」

今さら己の心情を確認している芹の思念に、乙文が割りこんでくる。

「衛藤のことは、とりあえず……というか、今すぐ押し倒したい相手を前に、なにを言ってるんだ、俺」

「えっ」

箸からぽろりと、唐揚げが落ちた。今、なんて言った？

「あの」

問い返した芹に、乙文が膝立ちでにじり寄ってくる。

「な、なにを――」

聞いたばかりの新鮮なセリフを頭に響かせていたため、芹も尻でじりじり後退する。

が、乙文はおもむろに襖を引き開けると、

「お兄さん、チューハイ追加！　濃いめにね！」

勢いよく、そう告げたのだった。

……注文かよ。内心つっこんだが、そうでなければ今、ここで押し倒されることになったわけで、そんな可能性をちらとでも浮かべてしまった自分が、急激に恥ずかしい。というか、情けない。

「ん？　そっちも？」

乙文は芹の前にある、空のジョッキを一瞥し、

「二つ追加ね」

冷静にオーダーする。


電源を入れると、テレビには命が吹きこまれる。ややあって、賑《にぎ》やかな音声が聞こえ、遅れて画像を映し出す。

とたんに芹の心臓が、ことりと音をたてた。

どういう巡り合わせでか、画面に広がったのは、乙文清親《きよちか》その人の顔だった。

「…………」

たまたまそうなっただけとわかっていても、芹は動揺する。あきらかに動揺しても、誰に咎められるわけでもない、一人の部屋。

深夜放送で、乙文の出演した映画がたまたま放送されている。ただそれだけのことなのだった。

この作品には、覚えがある。たしか乙文の銀幕デビュー作だ。落語を題材にしており、乙文は、ひょんなことから入門してしまった普通の大学生という役回りだったはずだ。

ど素人《しろうと》という設定なので、噺《はなし》が上手《じょうず》でなくてもかまわないのだが、乙文は、なかなか達

者な喋《しゃべ》くりを見せている。

たしかこの作品で、新人賞を総ナメにしたのだ。役作りのことなんて、芹にはわからない。しかし、乙文のそれが生半可なものではないということが伝わってくる。

高座に上がった、乙文演じるところの大学生の必死っぷりも如実に表現されている。

ただの、容姿を武器に畑違いの分野に参入した、「モデル上がりの若手俳優」とはひと味
違うと思った。あんなふうに見えて、人一倍努力を重ねる男。

作品に惹《ひ》きこまれるうち、芹はファーストインパクトを忘れた。しかし、映画が二十分ほ
どで終了した後は、やはりあの言葉を蘇らせずにはいられない。

——押し倒したい相手を前にして。

たしかにそう言った。あの時、乙文の向かいにいたのは芹だけである。

なんらかの幻覚作用が発動していない限り、乙文が「押し倒したい」のは自分ということ
だ。

そんなのって——。

乙文のことを、いつ好きになっていたのか、はっきりとその契機は思い出せない。

ゆえに、相手にもそれを求めることはできない。いつから俺のことをそんなふうに見てた
んだよ！　少し前なら、威勢のいいセリフも吐けたかもしれないが。

だが、濃いめのチューハイ八杯を空けた後の言葉だ。どこまで本気なものかは、判断しかねる。

いや、酔っぱらってはいなかった。しかし、酔いにまかせて適当なことをべらべら喋ることは、芹自身にも覚えがあるから、ストレートには受け止められないのだ。

もし本心からの言葉なら、自分は衛藤たちのようにではなく、素直に受け入れようと思う。

でも、酔っぱらいの戯言《ざれごと》だという可能性はいまだ、ある。

なんだよ、またややこしい感情の波間に俺を引きずりこみやがって！

少し前までの、乙文に対する自分の発言口調そのままに、いない相手を心の中で罵《ののし》った。

7

おぼろげな覚醒の中で、チャイムが鳴る。

寝返りをうち、芹は幻聴を払いのけようとした。

そこへまた、三度四度としつこく鳴らされる音。

「――なんだよもう、何時だと思ってんだ。非常識な」

今日は日曜だ。

しぶしぶ起き上がり、タオルケットの中で仲良くいっしょに寝ていた携帯を見る。十時前。

予定のない休日の朝としても、遅い起床時間だった。どうやら、常識を欠いていたのは自分のほうらしい。

「ふぁい」

欠伸《あくび》をしながらドアスコープを覗いた芹の心臓が跳ねた。立っているのは、たしかに乙文である。

「なんだ、寝起きか」

チェーンを外してドアを開けると、苦笑する。少し前までなら、馬鹿にされたとむかつくところだ。自分なんて現金なものだと思う。

「なにか用？　てか、よく覚えてたな、ここ」

どぎまぎしつつも、普通の反応というやつを模索したが、

「そりゃ、あれからしょっちゅう覗きにきてたからな。郵便物チェックしたり」

平然と言う乙文に、まだはっきりしていなかった頭が、突然クリアになる。

「す、ストーカー？」

半歩退いた芹に、にこりともしないまま、

「んなわけないだろ。冗談だ」

否定する。

「まあ、今度の映画じゃストーカー役やるんだけどな」

「予行演習……」

「だから違うって。そんなメソッドは取り入れてないから――なんてのはどうでもいいから、とっとと着替えろ」

「？　なんで」

なにか約束していただろうか。例の庶民な居酒屋以来、そういえば顔を合わせるのははじめてだ。

あの時言われたことが胸に蘇り、芹はあわてる。

「都内某ホテル」

「――は？」

「今日、紙の見合いなんだよ」

「……そうなんだ」

それでどうして、自分たちが某ホテルに赴かなければならないのだ、と考え、「あ」と思い当たった。

「まさかぶち壊しに行くとか？」

「おまえ……俺でもそこまでは考えなかったぞ」

乙文は、愉快そうに苦笑する、という複雑な顔をした。

「じゃ、なにをしに」

「さあ――見学？」

「悪趣味すぎる。帰ってください」

芹はドアを閉めようとしたが、乙文はするりと内側に入りこんでくる。狭い三和土《たたき》で向かい合う、というやたら心拍数の上がる事態を、自ら招き寄せてしまった。

「冗談だって。ぶち壊すというか、紙にひとつ、意見してやるかってだけのつもりだったが――うん、結果的に壊れるかもしれないな。まあ、べつだんそれもやぶさかではない」

乙文はしたり顔で顎を撫でると、

「なんでそう不思議そうな顔してんだよ」

と問うてきた。

「だって、衛藤さんと紙さんを俺がくっつけようとした時、反対したじゃないか。反対というか、無関心？」

「あれはおまえ――なんというか……、紳士のたしなみだよ」

「は？」

「なんでもいいから、こい。ぐずぐずしてたら、見合いがはじまっちまう」

「ちょ、着替えぐらいさせろよ」

引きずられそうになって、芹が逆らうと、乙文は鼻白んだ様子になり、

「――外で待ってる」

無理やり入りこんできたわりには、あっさり出ていってくれたのだった。

どうも、よくわからない。放っとけと言ったり、意見すると言ってみたり。正反対の言動の合間に、どんな転機があったのか。

「お待たせ」

そそくさと適当なTシャツを被《かぶ》り、昨日も穿いていたデニムに足を通した。

「……あんまりさっきと変わってないじゃん」

乙文は目を細めると、冷やかすように言う。

「俺的には変えたんだよ！」

パジャマ代わりに着ている、首回りのゆるんだTシャツと高校時代の体操着だったハーフパンツからは、確実にグレードアップしたつもりだ。

仕事柄、高級品ばかり身につけているから、一般人を馬鹿にした目で見てくるわけだ。

だが、似たりよったりのシンプルな身なりなのに、乙文の着こなしはなぜか垢《あか》ぬけていて、僻《ひが》むのもおこがましい。


乙文が芹を伴ってタクシーに乗りこみ、行き先を告げた時、芹はぎょっとした。都内でも有数のラグジュアリーホテル。

そんなハイクラスが集う場所に足を踏み入れるには、

「俺、こんな恰好《かっこう》なんだけど……」

気がひけること、はなはだしい。

「だいじょうぶだって。ドレスコードがあるわけじゃない」

乙文は、軽い調子で返す。「だいいち」と続けた。

「俺だって似たようなもんだから」

「いや、あんたは……」

同じ三枚千円のTシャツだろうが、高級そうに見せてしまうルックス補正。いわば容姿のプロと、同じ仲間に入れないでほしい。

「じゃ、着いてから買えばいいさ。たしかブティックも入ってたし」

「……このままで結構です」

衣装代も惜しいが、それでは「ホテルに足を踏み入れる」時もこの恰好ということになり、無意味である。

「そうそう、自然体、自然体」

無責任に笑う乙文が、ちょっとだけ怨《うら》めしかった。しかし、たしかにそういう場合でもなかった。

やがてタクシーが、ホテルの車寄せに入っていく。芹を先に降ろし、乙文は勘定をすませて車から出てくる。

割り勘、と思ったが、今そんなことで揉《も》めてはいられないから、後から領収証を見せてもらうことにした。

制服制帽姿のボーイが、恭《うやうや》しく出迎える。

「いつもありがとうございます、乙文様。ご予約のほうは伺っておりましたでしょうか」

「宿泊じゃないいんだ。たぶんカフェで人と会うだけだから」

乙文は時計に目をやり、ボーイの背後に首を伸ばした。

「お待ち合わせでいらっしゃいますね。ではお呼び出しを——」

「たぶん」にはつっこまないのかよと、芹は内心思ったが、

「いや。自分で探しますから」

乙文はあっさり、関門を突破した。

広い背中を前にしながら、芹はついていく。

「この時間なら、ここだと思うんだけどなあ」

入口と同じ階にある広いラウンジ、のような場所だったが、しかし目指す姿は見当たらなかった。

そもそも、どうして乙文は見合いの予定時間まで知っているのだろう。

「実家に問い合わせたら、母親が訝《いぶか》しみつつも、普通に教えてくれた」

そうだった。親戚。このあたりの人間関係は、非常に濃いのだった。

「でも……、いないよね」

芹もきょろきょろとフロアを見回した。紙の姿はない。手洗いにでも立っているかと思ったが、見合いの最中らしい女客、親戚のおばさんつきの女客も見つからなかった。

「後は若いお二人で、ってやつじゃない？」

思いついて言うと、乙文はぱちんと指を鳴らした。

「そうか、庭園だ」

一歩を踏み出した後、芹を振り返った。

「ちなみに、昨今、見合いで紹介者を帯同するケースはほぼないから」

「……そうかよ」

なら、なんで指鳴らしたんだよとは思ったが、たしかに芹の見合いに関する知識は、子どもの頃に再放送のテレビドラマで仕入れたもので、今のスタンダードとは違うという断言に、逆らうようなソースもない。

フロアをしばらく行くと、短いエスカレーターがあって、乙文は迷いのない足取りで降りていく。

降りたところに、「庭園入口」と書かれた案内板が置いてあった。

自動ドアから、外に出る。この大都会の真ん中に、と目を瞠るような本格的な庭園が広がっていた。

赤い欄干《らんかん》の橋の下には、小川が流れている。目を凝《こ》らしたが、魚はいないようだ。

「夜ならホタルが飛ぶんだけどな」

先に立って歩きながら、乙文が教える。

「よく知ってるんだな、さすがに」

売れている芸能人なら、なにも不思議がることもないのだが、芹に接してくる時の乙文は、まるっきりそこいらの兄ちゃんで、時々人気若手俳優だということを失念してしまう。今の発言は、それを思い出し、ほとんど自動的に出たものだった。言った後で、嫌味っぽかったかなと後悔したが、乙文は反応せずに、すいすい歩を進めていく。

真夏の庭、そびえ立つ木々は青々と萌えている。葉桜が多い。盛りの頃にきてみたかったものだと、暢気《のんき》な感想を抱いていた芹の足が止まった。声を上げなかっただけ、幸いだった。

小高い丘に、三重塔が築かれている。

その下に、覚えのある影が二つ。

瑞元紙と、見合い相手の女――ではなかった。紙に寄り添っているのは、衛藤一波だった。元モデルで「E-スタジオ」社長にして、やり手の実業家でもある。

そんな男が、一回り小さい男のほうに身を屈めるようにして、なにか話しかけている。和やかな様子、キラキラしたものがその周りで舞い踊っていそうな幸福感。

あー……と、腑に落ちる。和解。というより告白か。衛藤は間に合ったのだ。意にそまぬ縁談話に乗ろうとする思い人を、寸前で引きずり下ろしたのだ。表現は悪いが、間に合った。よかったと、素直にそう思えた。

そっと、肩に手が置かれる。

「――俺らが駆けつけるまでもなかったようだな」

それを、乙文が残念そうでもなく、いまいましげでもなく、笑った声で言ったから芹は救

われた。

衛藤と紙の間をなんとかとりもつ、という芹の提案を退けたのは、まだ衛藤に心を残しているせいなのではないかと、ここにきてもまだ疑念があった。そのことを、乙文に対しすまなく思う。

「なんか——取り越し苦労？」

やっとのことで、適切な表現が出てくる。三重塔の前に、二人はとうとう坐りこんだ。ほとんどもう、ここからは姿も見えなくなった。

「ああ。苦労させられたもんだ。どうしてくれよう、あいつら」

言いながら、乙文の顔は笑っている。もし芹の疑いが的中していたら、こんな表情はできないだろう。疑念は自らの確信で、解消された。

いや、それよりも。

肩に置かれた……というか、今や肩を抱かれているようにしか感じられないこの自分の体勢が、まずいんじゃないかと思うのですが……。

「ショック？」

その上で、乙文がこちらを見下ろしてくる。

芹はふるふるとかぶりを振った。

「そうでもない。二人が幸せになった……かどうかはわからないけど、今までの関係から一歩でも踏みこんだなら、なによりだよ」

素直なところを口にする。

ぺしっと、乙文は空いたほうの手のひらで、芹の頭を張った。

「まったく優等生だよな……っていうか、お人好し？　好きな人にはいちばん望む形で幸せになってほしい？　おまえは、日陰の女か」

ずけずけとつっこむわりには、肩を摑む手は力強くて、身をよじっても解放されそうにない。

それというのは……。

「そうじゃなくて……衛藤さんへの片思いが終わったからだと思う――ずいぶん前に」

芹は、それを明かした。

「え？」

「――今はもう、別の人が好きだから」

「ええっ……？」

見下ろす、ワイルドな面に、語勢とはうらはらの気弱そうな表情が走る。

「誰だよ、それ」

次いで、心外そうに問うた。

「俺は次、どこのどいつをやっかめばいいわけ⁉」

ああ、そう、その遠まわしに熱い物言い。

当たり役の名ゼリフではない、乙文オリジナルの言葉だ。

「な、なんだよ」

珍しくもうろたえる乙文に向かい、莞爾《かんじ》と笑ってみせた。

「そこのそいつは、今、俺の隣にいる」

表情豊かな男の顔が、一瞬固まった。

「——マジ？」

一瞬で、また動いたが。念を押してきながら、してやったりという、少し前までは憎たらしくてならなかった笑みを湛《たた》えて。

「マジ」

言って、広い胸に自ら飛びこんでいく。

がっちりと受け止めた後、ぎゅっと芹を抱きしめた。

「やった——俺！」

感想、それかよと思うものの、身体に回された腕の力強さは演技ではないのだろう。信じられると感じた。嫌な奴だと思っていた頃だって、口の軽い嘘つきだとは思わなかった。

ややあって、乙文が芹の身体を離す。

無言のまま見つめ合い、どちらからともなく顔を近づけた。

店のカウンター下で触れた時の感覚が、芹の頭に蘇っている。あの時は突然すぎたし、なにをしやがるとも思ったけれど、どこかで受け容れる気持ちもあったと、今ならわかる。

惹きつけられる自分が腹立たしくて、無意識にそんな気持ちを却下していただけで。

衛藤と紙に、なんとか互いの気持ちを伝えあってほしいと感じたのも、べつに善人だからではなく、あの時すでに、心を移していたのかもしれない。

そんな思いが、脳裏を駆け巡っていた。

いったん唇を離した後、より深いそれへと移行しかかった時だ。

遠くから人の声がした。

「おおーい、キヨー？」

確認するまでもなく、その声の主は――。

「ええい、くそ！　邪魔な奴め」

舌打ちする乙文自身が、一度は惚れた男なのだが。衛藤は、三重塔の下で両腕を大きく振っている。まるで、助けを求める遭難者だ。傍らの男は、救命具にならないのか？　遠目で見ているだけなのになんだか、彼らの姿は、なんというかしっくりときた。もともと、そこに収まるはずの二人だったからなのか。芹は思う。そしてむこうからは、自分たちの姿はどんなふうに映っているのだろう。

「なんだよ、この優柔不断男！」

いや、今そこはあんまり関係ないと思うのだが、乙文は身体じゅうを使って悪態をついている。

「要る時は躱すくせに、要らない時だけしゃしゃり出てくるんじゃねーよ」

かわいい人だ。その時はじめて、乙文のことをそう思った。

かつて衛藤のことを好きだったことは、もう気にしないでいよう。それを言うなら、自分も同じなわけだし。考えてみると、同じ相手に惹かれた二人なのだった。しかし、衛藤に対する嫉妬なんかは、特に湧いてはこない。今ある、自分の乙文に対する思いこそが大切なものなのだ。


「毎度ありがとうございます、『é-BLEU』です。オーダーいただいたものをお届けに上がりま――」

「É-スタジオ」のオフィスに足を踏み入れた芹は、はっと息を呑んだ。

「おう、ご苦労ご苦労」

カウンターに背中を凭せた乙文の姿が、真っ先に目に飛びこんできたのだ。

「……どちらにお運びしましょうか？」

前にもそっくり同じことがあったと思い返しながら、芹は声を励ます。

あの時もやっぱり、こんなふうに心臓が跳ねたのだった——気づいていないだけで、恋心はすでにあったのだ。好きという感情がなければ、なんと平常心は保たれることだろう。

しかし、それでは楽しくない。

「ランチバッグと、アイス・オ・レなら俺・オ・レ」

「……しょうもなっ」

「なんだよ」

指を自らの鼻先につきつけたポーズのまま、乙文は不満そうに言う。

「いえ。じゃあ、こちらのほうは？」

問いかけながら、社長室のドアのほうに芹の視線は流れる。

「——ではお部屋のほうに、三つともお持ちしましょうか？」

「は？　なんで俺が、あんなおっさんと差し向かいで弁当広げなきゃならないんだよ。地獄のピクニックか」

ぶーっという破裂音が、どこからともなく上がった。複数。

そのうちの一つ、吉田がデスクから腰を浮かせた。

「二つなら運んでいいよ」

「おい」

「俺が社長と、差し向かう」

語尾にわざとハートマークをつけたような、吉田のしたり顔。

「そ、それでは」

「いや、三つともこっちでいいよ」

奥のドアが開いて、衛藤が姿を現した。右手に、日の丸の扇子《せんす》を手にしていて、扇《あお》ぎながら暢気な口調で言った。

「俺も、こっちで食おうっと」

「……巣から出てくんなよな」

空きデスクに場所を定めた衛藤を、乙文は睨みつける。いとこ同士という、いわば身内の間柄でも、社長は社長、タレントはタレントであるようだ。社内にいる時は、あからさまに罵るのは自重する、ということか。

結局、芹は衛藤と吉田の席を回って、配膳をすることになる。

残りはひとつ。どこに置けばいいのだろう？

そんな気持ちで見上げると、乙文は無言で天井を差した。

「屋上ですね。かしこまりました」

雲一つない空だった。八月にしては、今日の気温は低い。三十度を越えないらしい。長々と続いていた真夏日の連続記録が今日、ストップしそうだと、朝の天気予報で言っていた。

乙文は、涼しい顔で地面に腰を下ろす。芹は、その隣に並んだ。紙の擦れ合う音。次いで、できたてのホットサンドの芳ばしい香りが鼻先をくすぐる。

不覚にも、くうと腹が鳴った。芹の昼休憩は、この後だ。

「――食う？」

乙文が、くすりと笑う。

「えっ、べ、べつにいいよ」

恥ずかしさを胡麻化すため、芹は躍起となったが、乙文はますます愉快そうな顔だ。

「いいから、食えよ」

と、さっさとホットサンドを半分に割っている。

時に尊大なほど強引だが、それはなにも芹の頭を押さえつけて支配したいといった邪念からの言動ではないのかもしれない、と分け前を受け取りつつ思う。

ただちょっと――マイペースを貫《つらぬ》き通したいだけの人。

いや、それと傲岸不遜《ごうがんふそん》と、どこが違うというのか。言い換えただけではないのかと、思わなくもなかったけれど。

好きになったら、しょうがない。

そして乙文も、同じ気持ちでいてくれた……それは、奇跡のようなできごとかもしれない。いまさらのようにそう思う。好きな人から好かれる、それはあたりまえで些細なことかもしれないが、自分がマイノリティに属すると確信してからは、半ばあきらめていたことでもあった。普通なんて、無理。

でも、どうして乙文は、そんな自分を好きだと言ってくれたのだろう。

思いを巡らせながらはむはむとサンドウィッチを食《は》んでいると、ふと視線を感じる。

いつもは鋭く光っている眼光が、思いがけなく柔らかな色を湛えていて、それはいわゆる「聖母のようなまなざし」……っていうのも変か。しかし、そういう形容しか思いつかない顔つきだった。

「やっぱハムスターみたい」

芹の疑念を察知したか、乙文は感想を口にした。

「――え?」

「だって、両手でパン持ってさ。一心不乱に齧《かじ》ってんのに、減りが遅いわけ」

はっとした。たしかに、乙文の手はすでに空なのに、芹のサンドイッチは、まだ三分の一ぐらい残っている。

「小動物」

長い指が、芹の鼻先につきつけられた。

「……そ、そんな、べつに。今ちょっと、考えごとしてたから遅くなっただけで！」

「その上、典型的な、ツンデレでもある」

「は？」

乙文は、にやりとした。

「小動物系なのに、ツンデレ。ありえない設定。そりゃ、気になるだろうが」

「ええと——」

それは、さっき自分が浮かべたばかりの疑問に対する、回答なのか。

「——変わった趣味？」

「自分で言うな」

ごつ、と額にぶつかる手の甲。丸い骨の感触。

そして間髪容れずに、顔が近づく。もう幾度めかのキス。離れている時には忘れているのに、唇を合わせると思い出す。乙文の唇の温度、それと形。確かめるように合わさっていく、ああ、この感じ。

「やばいな」

しばらく重ねた後、その唇が言葉を発した。

「？」

「まさかこんなところで……いや、俺はヤッてもいいんだが。ここで、今すぐにでも」

芹は無言で、その頭を張り飛ばした。

「しない、しないって！」

頭を押さえながら、乙文が弁解する。

「そんなケダモノだったら、紳士のたしなみなんて言ってないで、さっさと衛藤からおまえを引っぺがすだろ！」

「……ああ」

衛藤たちをくっつけようとした時に、反対した意図を芹は問うたのだ。紙の、見合いの日。ホテルに出向いて、ぶち壊そうとした。乙文の行動が、どうも整合性を欠いている。その理由を質そうとした芹に対する、謎めいた一言。

「まったく、あの時機に乗じるんだった。そうすりゃ、こんなまだるっこしい遠回りなんかせずにすんだのに！」

嘆く乙文が、やっぱりかわいい。


夏休み中に迎える週末の休日は、なんだか損をしている気になるのは、どうしてなのだろう。

日曜日。九時すぎに目を覚ました芹は、パンを焼き、トーストとインスタントコーヒーだけの朝食兼昼食を摂る。ブランチというには、あまりにシンプル、というか粗末な食卓だが、外に出ない日は、こんなものだ。

後片付けをしてからは、一週間溜まった洗濯と掃除にとりかかる。損している、と感じるのは雑用に追われるうちに夕方がくるような、結局時間を縛られている感が否めないからかもしれない。

なんの脈絡もなく――いや、あるのだが、乙文の顔が脳裏に浮かんだ。

互いの気持ちを確認しあって、晴れて恋人同士になったはずだ。しかし、ホテルの庭園でキスして以来、そこより一歩も進んでいない。乙文は多忙の身だし、たまに空き時間、事務所でうろうろしている時には、芹がバイト中だ。

まあ、そう簡単にはいかないよ。

なんとなくつきあったことしかないから、芹には、「恋人がいる」状態というのがどんなものであるかを、実は知らない。

屋上でランチを分けあった日から、乙文の姿を見ていない。もちろん、テレビの中の乙文には、何度も遭遇したが。

人気ナンバーワンの美人女優と恋を囁く乙文なんて、実像からはかけ離れ過ぎていて、とてもじゃないが満足感は得られない。演技だとはわかっているが、芹の知る乙文じゃない、同じ顔をした別人なんじゃないかと感じてしまう。

声だけでも聞かせてくれればいいのに、おそらく乙文はそういうまめなタイプではないのだろう。自分のほうから携帯に電話をかけるのは、気がひけた。分刻みのスケジュールで仕事をこなす、売れっ子芸能人の貴重な空き時間を、いたずらに削るのはもうしわけない、となんとなく遠慮してしまうからだ。

ローテーブルに頬杖をついてテレビを眺めているうち、「今日」がどんどん、残り少なくなっていく。学生や勤め人を、もれなくブルーな気分に落としこむということで知られる、あの国民的アニメも、エンディングに入っていた。

さすがに小腹が空《す》いたので、夕飯にしようかと考えている時、ふいにドアチャイムが鳴った。

はっとして、芹はドアのほうを見る。一拍置いて、立ち上がった。

今一瞬、脳裏に閃いた予兆は、果たしてその通りなのか。

四割ぐらいは期待して、ドアスコープを覗き、芹の心音は、本格的にギャロップしはじめた。

キャップを目深《まぶか》にかぶり、右手に紙袋、左手に白いレジ袋を提げた、さっきまで芹を悩ませていた男。

焦ったあまり、ドアチェーンを外すのに手間取った。

「――遅い」

開いた扉の向こう、乙文は仏頂面で待っている。

「くるならくるって、メールぐらい入れてくれたって」

芹はもそもそ、反撃したが、ぶすっとしたまま、

「そんな時間も惜しかったんだよ」

と、手にした荷物を芹に押しつけてきた。その言葉でじゅうぶん、説明がつくと思っているらしい。

事実、悪い気はしないから、思うつぼだ。

二つの紙袋は、いずれも有名デパートのもので、レジ袋の中身はビールとシャンパン、それに日本酒の五合瓶だった。

いわゆるデパ地下の、お惣菜。

種類もいろいろで、乙文がフロアを巡って買い求めたことを示している。

周囲に気づかれて、大変なことになったんじゃないだろうかと、芹は気になったものの、乙文は涼しい顔だ。

「おー、きれいに使ってんな。ま、そうだろうとは予想してたけど」

リビングをぐるっと見渡した後、振り返ってくる。

「いや、そりゃ、毎日寝起きする自分の家だし……」

ひょっとして、乙文の住まいは、とんでもないゴミ屋敷だったりするのだろうか。

「失礼なこと考えるなよな。月イチで業者入れてるっての」

そんな気持ちを、すっかり見越したふうに言う。

「それ、自慢できることか……？」

つい、つっこんでしまった。にやりと、乙文。

「自慢はできないけど、楽しいぜ？　クリーニング後の部屋に入るのは。むこうは清掃のプロだけど、家主の私物を勝手に捨てたりするのは規約違反とかで。どうでもいいものがテーブルの上に積み上がってるわけだ、これが。貰ったきり、包装解いてないＤＶＤとか本とか、あと、それは捨てとけよ、みたいな残り少ない酒の瓶とか」

堂々と、だらしない生活をカミングアウトして、

「ＤＶＤとか、おっこんなの持ってたんだってなサプライズで、映画観たり本読んだりするから、倍楽しいぞ」

まるで悪びれない様子だ。しかし、そんな楽しみ方は、芹はご遠慮申し上げるとしかいえない。

紙袋から出てきた惣菜は、大の男が二人がかりでも、とても一食で消費できるような量ではなかった。

「ま、残ったら、ラップに包んで冷凍庫に入れとけば役に立つ」

どれを出そうかとパックをためつすがめつしている芹に、乙文はとぼけた声音でそう提言

した。

人には簡単に言うが、乙文自身は絶対、そんなふうに保存してはいない。冷凍庫に放りこむところまではできても、年月を経て、賞味期限も消費期限も数年前に切れた、みたいな食糧を、さすがに業者も無断で廃棄している。芹は、そう判断した。

「なんだよ、その不満がいっぱいです顔」

「お、思ってないよ、不満とか」

心の中でつっこみを入れた事象であっても、それはあくまで、芹の心の中だけで処理される。外に出したり（悪口）、本人に指摘したり（説教）、そんなことは、どちらもしたいとは芹は思っていない。

そんな芹を見下ろしてくると、乙文はふいに真顔になった。

「べつにいいんだけどね、説教してくるのがおまえだったら」

「え……」

予測できなかったセリフでもないのに、実際言われると、それはどぎまぎする。芹にだったら、うざい説諭をくらうのもよしとする——乙文が口にしているのが、そういうことなら、落ち着いていられるはずがなかった。

「なんだったら、言ってみる？　小言のひとつやふたつ」

そう言いながら、乙文は両手で芹の顔を挟んだ。

「──ちっちぇ、顔……」

概歎《がいたん》するように言われ、さらに心拍数が上昇する。

「そ、そうかな……？」

顔のサイズにより、頭身が決定する。まああたりまえだ。しかし、特別それが高いだとか、今までほめられたことなどないのだが。

「うん。なんのレッスンもしなくても、明日にでもデビューできるレベル」

両手で挟んだまま、乙文は芹に顔を近づけてくる。ちゅっと音をたてて、唇に触れた。

「ただし、地元スーパーのチラシのモデルな」

「な、なんだよ」

この男が、手放しの称賛など聞かせてくるはずはないのだった。芹が口を尖らせると、また近づいてきて、キス。

「──ん」

今度は、触れ合わせるだけで満足、なそれとは違った。吸いながら、肉厚の舌が歯列の合わせ目をつつく。

おそるおそる、芹が唇を開くと、迷いのない動きで、乙文の舌が口蓋《こうがい》に押し入ってきた。

いったん受け入れてしまうと、どんな傍若無人なものであっても、自在な浸食をも許したことになる。

ざらりとした感触が、裏顎や、頬の内側の肉をたしかめていく。貪《むさぼ》られているのは口腔内だけなのに、すべてを制圧された気になった。

どこを探られようが、明け渡すしかないのだ、という覚悟。

「――なんていうか、メロメロなわけよ。察しろよ」

やがて唇から離れた口が、そう言った。

芹はぼんやり、乙文を見上げていた。互いの口から糸をひいた唾液が、視界の隅でつながっている。

「え……？」

口を塞がれていたから、芹にはなにも言うことができなかった。察しろ、と言われても。

「……じゃ、会いたいとかって重メール、一方的に送るのもアリなのか？」

「うん。それは、たしかに重いな」

「だったら」

むっとした。例に出しただけなのに、それが自分の願いだとか思われたら――だが、現実にそういう気持ちなんだから、弱みもくそもないか。相手にポイントを与えてしまうことを気にしながらつきあうなんて、そんな、恋愛の手練《てだ》れのような技術は、芹にはないし、たとえあったとしても、この場面で行使しようとは思わない。

「通せぬ無理を通そうとするから、恋人っていうんじゃないの？　ちょっとうざいけど可愛いな、とにやける瞬間が欲しいわけよ、俺も」

「――じゃあ、今度からメールする。けど」

ふたたび乙文を見上げた。

「毎日、朝昼晩と、うざい重メールが届くかもよ？」

くっきりと刻んだような二重瞼が、くっと開かれる。

「それって本音？」

「嘘言う理由もないと思うけど？」

「ああ、もう、くそ！」

乙文は芹を離すと、天井を仰いだ。

「なんだよ。それは天然？　かけひきでそんなのほざいてる、ってわけじゃないんだよな？　ああ？」

眉尻《まゆじり》が弱っている。覗きこむ、真剣な顔もおかしい。

「あ、なんだよ。なに嘲笑《あざわら》ってんだ？　おかしいか？　一途《いちず》な男の純情は、そんなに笑えるか？　この小悪魔が」

「は？　そんなんじゃないって。ぜんぜん」

小悪魔と呼ばれるほど、惑わせている気がしない。しかし、よくよく考えてみると、乙文のセリフはどれも、後になると顔が熱くなるようなものばかりなのだった。

つまり、よく考えればこっ恥《ぱ》ずかしいのだが、あの不遜な男にここまで言わせている、という気持ちで羞恥など霧散する。

「……マジで、会いたかった？」

必死な目。

「うん。それで、乙文のほうじゃそうでもないのかなと思ってた。だから、こっちから連絡したり……会いたいなんて言っちゃいけないのかと」

「は？　なんだとお!?」

嘆きの声。

「そんなおいしいシチュエーションになるのを、俺は読めずにスルーしてたってわけなのか？」

「そ、そんなにおいしいかどうかは、知らないけどさ」

言うや否や、ふたたびぎゅっと、強く抱きすくめられた。

「かわいー。完全に俺の思うつぼ！」

「な、なにがだよ」

芹が二度聴きしたいと思った、「めちゃめちゃメロメロです」的な言葉は、しかし二度はない。

代わりに、

「——飯とかいいから、ベッドに行ってもいいかな？」

狡猾《こうかつ》なささやき声が内耳をくすぐる。

さっきまでおぼえていた空腹感が、まるでもうどこかへ行ってしまったようになっているから……合意した、ということなんだろう。

正直、ホテルの庭園ではキスだけだったし、思わぬ横槍も入った。そのせいで、芹の中に不完全燃焼でくすぶっていた情動はあった。

心が通じ合うことは大切だ。しかし、同じくらい身体で感じる充足感も欲しい。

目が合った、肩を並べて歩いた、唇に触れた……そんなものでは、満たされない部分がある。

欲求は生々しすぎて、ふだんは浮上するごと、抑えつけていたのだが。

気持ちが寄り添えば、身体の相性もたしかめてみたくなる。

それを間違いと言われたら、芹はもう一生、恋愛はできなくなるだろう。

肉体も精神も、同時に満たしたい。

そのために受け入れることなど、決意をかき集めるまでもない。

本気の相手だから——たとえ乙文の熱情が、自分のそれにつり合っていなかろうが、もうそれでいいと思う。

だが、もちろん情熱の温度に差があるわけでもなくて、蔽いかぶさってくる乙文の動きは、じゅうぶんに欲望に駆られたものだった。

それでいて荒々しく芹を開くことはせず、優しく愛撫してきながら、夢中にさせる。

「ん……」

手の甲を嚙みながら、甘い声が漏《も》れ出た。

鼓動を伝える胸を、執拗《しつよう》にいじられている。本来なら、膨らみも恥じらいを感じるはずもない、平らな胸の、用途不明な突起を、なんで乙文には楽しむ余裕があるのだろう……。

用途はある、ということなんだろうが、不思議だ。

「おい、声、聞かせろよ」

注意の逸れた芹に気づいたように、乙文はぐいと、口に押しつけた手を引き剝がす。

「ん……」

「せっかく、顔はいつになく素直になってんだから」

「え」

自覚はなかったから、ややびっくりする。

最後に男と寝たのは、いつのことだっただろう。

愛撫で満たされていきながら、邪念が芽生えた。

あれは——つい去年のことだ。

上京してすぐ、芹が向かったのは、いわゆる出会いのスポットと称される、大都会の一角だった。

東京に行けさえすれば、相手なんかより取り見取りのはず。

およそ、地方都市に住む消極的なゲイなら、一度は抱いたであろう期待感。

だが、一夜限りのパートナーなら簡単に調達できても、末永くよりそっていけるような相手とは、出会えなかった。

若い身体が不満を訴えているあいだは、手当たり次第に関係していたこともあった。

すべてが、危うかったのだと、今なら思う。

割りきった上でのつきあいなら、たまたま擦《す》れ違っただけの相手だというだけだろう。

だからといって、金のために誰とでも寝る、実利優先の商売屋とも、芹は違う。

単純な肉欲が去れば、気持ちまで引いてしまう、そんな一過性のものではない熱が欲しかった。

「ふ……」

今、肌を伝う男の指先は、きっと熱が引いても心に刻まれるものだ。根拠などないが、そう思う。

執拗に胸を弄《いじ》られて、その刺戟《しげき》が下半身に影響を及ぼし、勃ち上がった屹立《きつりつ》の先端が、ほ

ろほろと涙を零《こぼ》していく。

その雫《しずく》を指で受け止め、乙文は、濡《ぬ》れた指先を芹の後ろに伸ばしてきたのだ。

「っ！　あっ、だめ――」

弱い箇所だ。感じるポイントだから、という意味ではない。

たとえ心が萎《な》えていても、そこを刺戟されれば、否応なしに反応してしまう。だから、感じてしまうことに躊躇する。

だが理屈ではなかった。最強の性感帯を、的確に責められ、芹はもう、意味のある文節を紡ぐことなどできない。

「……んっ」

喉仏が、ごぼりと動く。かつて聞いたことのない、甘えるような声が出た。

鼻にかかったその喘《あえ》ぎが、自分のものではないみたいに感じる。

でも、そんなこともどうでもいいと思えた。どんな浅ましい姿を晒《さら》してもいい、今この人と、つながっていたいのだ。

浅ましくベッドに膝を立てていきながら、もっと感じるために自分から腰を揺することも厭《いと》わない。どんな姿を晒そうとも、いちばん奥に、乙文を感じたいのだ。

「ん――ひ、ああ……っ」

執拗に弱い場所を責められ、なお声が上ずる。

「……挿《い》れていいか？」

問うてきながら、なお指が中で蠢《うごめ》いている。

「う……も……ほし……」

早くそこを埋められたかった。乙文の情熱で、抉《えぐ》られたい。

素直に言うことができた。

「くそ。どこまで可愛いんだよ」

言うなり指を引き抜き、乙文は芹の後孔に熱した欲望をあてがう。

それだけで、一気に頂点まで登りつめてしまいそうだった。

「ああ――っ、あ、んっ」

寸前で踏みとどまり、芹は高い声を放つ。

内奥に、すでに乙文がいる。その熱と切迫感が、そのまま彼の欲望を示しているようで、つながった部位からじわじわ充実感が広がってくる。

「……悦《い》いな、すごく締めつけてくる」

言うなり、ぺろりと乙文の舌が耳朶《じだ》を舐めた。

「あ――っ」

それが合図だったかのように、乙文は腰を使いはじめた。

力強い律動に、何度も揺すり上げられながら、芹はそのたび高い声を上げる。

「あ、悦い……ひあ――っ、イイ、すぐいきそう……っ」

「もうちょっと我慢しろ」

「ふ……だっ――って……」

かろうじて踏みとどまりはするものの、内側から衝き上げてくる悦楽の波に、今にも押し流されてしまいそうだ。

下腹部を、妖しい衝動が渦巻いている。

限界だ。もう、自分を律しきれない。

「く――っ、も、だ……め……っ」

「は、ああ、イク……いっちゃう……」

放埒《ほうらつ》に弾ける自身を意識した時、内側の襞《ひだ》が、きゅうっと収縮する。

低く呻《うめ》いて、乙文も達したのがわかった。

内奥に、荒々しく熱い礫《つぶて》が打ちつけられる。

これで完全に、一つになった……刹那的な歓喜は、文字通りすぐに去り、もっと深い充実したなにかが、ゆっくりと芹の中に広がっていく。


瑞元紙は、結局のところ、縁談を断ったらしい。親を通してではなく、自ら仲介者に電話を入れたようだ。かなりの地位にある相手から持ちこまれた話だったはずだが、昇進や優遇など、求めてはいないという証左だろう。芹には、そんな紙が眩しい。

「そーんな甲斐性《かいしょう》あるんなら、もっとずっと前段階で、エトーにコクっとけよ！　って感じだよなあ」

ところが、窓際のテーブルに肘をついて、乙文は不服げな声を出す。

「いや、それはなかなか……大人の事情とかがあったんだと思うよ」

向かいで芹は、頬杖をついた。ブルーキュラソーをベースにした、秘密のオリジナルカクテルを一口啜る。

乙文の前には、ドライマティーニ。

平日の「é-BLEU」、時刻は十二時を回った頃か。

バイトを上がった芹は、携帯のメールで乙文がこれからくることを知らされ、居残ったのだ。

バックヤードでぽかんとしているのもどうかと思ったから、ふたたび店に出て、奮闘する平岡たちをカバーした。今日の顔見せは、大地《だいち》である。

「セリちゃん、俺、CMのオーディション受かったんだ」

ユニフォームの白シャツに着替えながら、大地は嬉しそうにそう教えた。

「すごいじゃない。メジャーデビュー！　ここのバイトも、即行上がれるかも？」

「いや、俺はまだしばらくは続けるよ」

祝辞を述べる芹に、真顔になる。

「どっちかっつーとさ、タレントよりこういう仕事のほうが向いてるんじゃないかと思うんだよね。俺、早くシェイカーとか振れるようになりたいし。いや、もちろん大学も行くんだろうけどさ」

大地が通っているのは、小学校からつながっている名門私立校である。成績も、内部進学枠をキープしているらしいから、毛並みのよさと高学歴を武器に売っていくのだろうと予想していた。芹は、軽く驚く。

「そうなんだ……二十歳にならないうちには、シェイカー持たないほうがいい気もするけど」

「だから、とりあえず適当な大学行って、成人してから修業する——自分ブレンドの試作品のカクテルは、自分で始末しなきゃいけないんだよね？」

なんと、オリジナルカクテルを作ることすら、視野に入っているらしい。だが、意欲的な姿勢が悪いとは思わない。

「すごいんだな……」

年は上でも、自分にはとりあえず、そんな目標もないなと反省する。

乙文とうまく行って、プライベートは充実しているが、来年は三年生。就職活動がはじまる。

そんなやりとりの後だから、できたばかりの恋人と向かい合ってくつろいでいる自分は、弛《たる》みきったゴムみたいだと思う。

「ん？　どうした」

そして乙文が、そんな芹の内面に真っ先に気づく。忙しいだろうに、芹の待つテーブルに、時間きっかりに現れたのだ。

「どうしたって……」

大地の未来予想図は伏せたが、それ以外はありのままを伝える。なんとなく大学に進学し、なんとなく流れに乗って就職をする。どう考えても、いずれは普通のサラリーマン。

恋が叶って、少しでも空いた時間なら、数分単位でもいいから二人ですごすひとときを……そんな望みと、第一志望の企業に受かるといいな、というような欲とは、それぞれ違う場所にある。

だが乙文は、

「そんなの言ったら、俺なんか流されっ放しだろ」

呵々大笑《かかたいしょう》するから、頼もしいと思うべきか、つっこむ場面なのか。

「流されて、着実に仕事してんなら、結果オーライだろ」

結局、そのどちらでもない、弱々しい返しをする。

「そうだよ。人生なんて、つねに結果オーライなのさ」

「…………」

「セリは正義感強くて、常識もわきまえてるじゃん？　すくなくとも、俺なんかよりもずっと」

その後、乙文は真面目な口調になって言った。

「……そうかな」

「俺は、そう思うけど。だから、こんな職業が向いてるなんてことはわからないけど、どこ行ったって、ちゃんとやっていけるさ。しかしまあ、それも努力しだいだろうがね」

恋人同士になっても、乙文はあい変わらず乙文だ。根拠のない励ましなんかは、してこない。今でいうなら、適性よりも努力を強調するところ。

それが心地いい。無責任に持ち上げられたところで、信じられないし、うっかり信じて傷つくようなのも嫌だ。

そんな自分を、きっと乙文は誰より理解してくれている。

そういう乙文だから、安心できる。

この先、永久に「幸せに暮らしました」となるのか、意外とあっさりとした別離が待っているのかは、今の時点ではわからない。想像する気もない。殊に、乙文は根っからのゲイというのでもなく、そして芸能界の内外問わず、やたらともてる。いちいち心配していたら、きりがない。たとえばあの、瑞元硝子——いや、GLASSといったほうがいいか。

その名が浮かぶと、眉間に皺《しわ》が寄るのを感じた。乙文も脇役で出演する、奥寺祐介《おくでらゆうすけ》の初ドラマで初共演を果たすより前に、CMでも乙文とGLASSは共演した。ドラマのスポンサーの一つである、化粧品会社。男性向けフレグランスの新作。

やたら爽やかなそのCMが、高視聴率を稼ぐドラマの合間に差し挟まれるものだから、話題になるまいことか。

駅貼りのポスター三千枚が、一夜にしてきれいに剝がされたというニュースが、スポーツ新聞を飾り、テレビのワイドショーで取り上げられる。伝説のはじまり、めいた報じられ方は、正直いまいましい。メディアでは、GLASSはネクストブレイクの最右翼と盛んに喧《けん》伝《でん》されている。

これまでは漫然と眺めていたテレビも、いつそのコマーシャルが飛び出すかわかったものではない。嫌というほど遭遇し、その度あわててチャンネルを替える。

自覚はなかったけれど、けっこう嫉妬深いかもしれない、俺。

できればそんなことには、気づきたくなかった。

まあ、そういう時には、特大の「バーター」という文字を頭に浮かべてクールダウンに努めるのだが。乙文は奥寺を援護射撃、GLASSは両者と同じ所属事務所のイチオシで、だから抜擢《ばってき》された。それだけのこと。

そのGLASSとは、ひさびさに顔を合わせた。「E－スタジオ」。相手はハイブランドのキャリーケースを、CAみたいに物馴れた様子で引いていた。

あ。

デリバリー終わりで廊下に出た芹は、突然現れた障害物に、ほとんど鼻をぶつけそうになって、あわてて踏ん張った。

すると、その障害物とはGLASSであり、一瞬絶句した後、じとーっと嫌な寒気が背中を這《は》い上がってきた。

『なにテンパってんの。馬鹿じゃない？』

GLASSはフンと鼻を鳴らし、サングラスを頭の上に上げる。

『……お疲れ様です』

恋敵《こいがたき》。とも、今はいえない相手。だからといって、優越感も露《あら》わに上から目線で勝者の立場を強調するほど、芹もひとが悪くはない。結果、どちらが勝ったのかわからないような、いや、むしろいまだ戦いは続いているかのような緊迫した磁場が発生する。

『ロケ、ですか』

『そ。サイパンまで。まだナイショだけど、新しいCM撮りにね』

薄い色の虹彩がなにかを匂わせるように芹を捉《とら》える。

一瞬惑わされかかったが、そこにはべつに乙文は関係していないのは、把握しているスケジュールであきらかである。

あからさまに安堵《あんど》した顔になっていたのだろうか。GLASSはもう一度鼻を鳴らす。

『言っとくけど。たしかに瑞元硝子はキヨのこと捕まえ損ねたけど、GLASSとしてはあきらめてないから』

挑戦的なまなざしに射られ、「そ、そうですか……」と、芹は心の中でつぶやいた。なんでこいつ、こんなに堂々としてるんだ、と羨ましくならないでもない。見かけが人よりちょっと……いや、だいぶ他より恵まれた容姿だというだけで。芹には一生、感じることのないだろう種類の自信であることだけはたしかだ。

しかし、敵はなにもGLASSばかりではないのだった。乙文の部屋に出入りするようになって、思い知った。昨夜も、芹が玄関を上がったとたんに奥で固定電話が鳴って、それは「人生相談させてくださいって、やたら懐いてくる新人女優」らしかった。

気にすんなと、乙文は言うし、芹もおおむね、それを信じている。だが、キスを寸止めされた怨みは、当分消えないかもしれない。

それでも、浮気や心変わりといった方面の心配はしていない。不実な乙文など考えられないから——いや、考えたくないだけなのかもしれないけれど。

これが今の、芹の日常。

せっかく恋をしているのに、外野からの雑音に惑わされて、幸せな気分を自分から削るなんて、馬鹿らしいな。

先では傷つくこともあるかもしれないけど、今はとろけるほどの甘さに浸っているわけだしな。

「あー、甘いな。甘すぎ。おまえよく、こんなモン呑めるよなー」

思索の海に沈んでいた芹は、その大声にぎょっとした。甘いと考えた瞬間に「甘い」と肉声で響いたから、怯《ひる》む。

だが、乙文はちゃっかりと手を伸ばし、芹が呑みかけていたオリジナルカクテルを味見したらしい。クラッシュドアイスに突き刺さった、二本の極細ストローを咥え、まるっきり悪びれた様子もない。

「だったら、呑まなきゃいいだろ」

気づいた芹は、素早くグラスを奪い返した。

実はこのカクテルは、大地の「こっそり試作品」なのだ。

一杯ぐらいなら、試してみたってばれやしないさ、と、バックヤードで最後に芹が大地にかけた言葉は、そう、無責任な励ましだった。そして、根が真面目な大地は、さっそく試作品を作ってきた。紙製のコースター裏に、その旨記されている。

他人の無責任な言動を糾弾《きゅうだん》しておいて、自ら犯すというのは、成人として誇れないふるまいである。

わかっていても、つい零れていて、そんな自分はまだまだなんだろう。まだまだ、人として未完成だなあと、ほとんど氷だけになったカクテルを吸い上げながら反省した。

「口直しにひとつ、思いっきり辛口の――、いや、いっそフローズン系で口直しかな、ここは」

乙文は、広げたメニューを繰りながら、次の一杯を彼らしくもなく迷っている。

あとがき

こんにちは。お読みくださり、ありがとうございます。

最近、朝夕の気温差が激しくて、ホットカーペットに坐りながら背中からは扇風機で涼風をあてるという、よくわからない状態です。下半身冷やすとよくないっすから。でもこのカオスな時期を過ぎると、大嫌いな夏がくる……。涼しいところはどこだろうと、世界の平均気温を調べたところ、イギリスの安定感が目につきました。上がっても二十四度ぐらい。しかしもちろん、移住できるわけがないですけどね。哀。

そういえば、ついに、地元にスターバックスができたのです！　まあ、毎日通えるほどの近所ではありませんが、オサレ不毛の地と（私に）呼ばれるこの町も、しだいにひらけていくのかも……とはいえ、畑がどんどん宅地化していくのを見ているのも、なんだか寂しい。葱葱キャベツスタバ、そんなバランス感覚だけは失いたくないものです。って、誰だよおまえ。

次は、元家電量販店のあの空きビルが、私を満足させるプチショッピングモールに生まれ変わってほしいもの。せいぜい四店ぐらいしか入れなさそうなので、少数精鋭で、いい感じの雑貨屋、いい感じのカフェ、いい感じのダイニングバー、あといい感じの和食屋さん。って、どこまでも自分勝手ですが、しょせん妄想百パーセントの願望なので、お目こぼしを。

バーで思い出したのですが、先日行った店で飲んだブラディメアリーが、今まで飲んだ中でいちばん美味しいブラディメアリーでした。

思わずレシピを訊ねたところ、ウォッカもトマトジュースも、普通に手に入る銘柄。というか、いつも自作してるのと変わらない内容なのに、配合の問題なのでしょうか。トマトジュースが特別なんだろうと踏んだのに、普通の缶入りのやつで、なんか納得いかん。それともレモンが契約農家のどうのこうのな特殊レモンなのだろうか。なんかこわい、特殊なレモンって。汗。

とりあえず、計量スプーンを買ってこようと思いました。……そこからか！

今回も、中身のないあとがきで失礼しました。昨日キャララフをいただいたのですが、想像以上に希望通りで、ちょっと浮かれてます。日本語おかしいですが。ドキドキしました。

三池ろむこさん、どうもありがとうございました。

担当Sさんはじめ、ルチル編集部の皆様にも感謝しております。あたりまえですが、原稿を書くだけではこうして一冊の本になることはありません。いつもいろいろな方のお力を借りて、ここまでこぎつけるのだなと思います。溺れないよう気をつけねば。

もしご感想などありましたら、お聞かせ願えれば幸いです。

それでは、またどこかでお目にかかれますよう。

✦初出　片思いドロップワート……………書き下ろし

榊花月先生、三池ろむこ先生へのお便り、本作品に関するご意見、ご感想などは
〒151-0051 東京都渋谷区千駄ヶ谷4-9-7
幻冬舎コミックス　ルチル文庫「片思いドロップワート」係まで。

幻冬舎ルチル文庫
# 片思いドロップワート

2012年6月20日　　第1刷発行

| | |
|---|---|
| ✦著者 | 榊　花月　さかき かづき |
| ✦発行人 | 伊藤嘉彦 |
| ✦発行元 | 株式会社 幻冬舎コミックス<br>〒151-0051 東京都渋谷区千駄ヶ谷4-9-7<br>電話 03(5411)6432[編集] |
| ✦発売元 | 株式会社 幻冬舎<br>〒151-0051 東京都渋谷区千駄ヶ谷4-9-7<br>電話 03(5411)6222[営業]<br>振替 00120-8-767643 |
| ✦印刷・製本所 | 中央精版印刷株式会社 |

✦検印廃止


ISBN978-4-344-82549-9　C0193　Printed in Japan

野波実秋は定時制高校に通いながらレストランの厨房で働く二十歳。天涯孤独の身を苦にせず明るく前向きな実秋だったが、不況のあおりで突然解雇されてしまう。途方に暮れる中、ふと目についた「住みこみ家政夫」募集の広告。家政「夫」とはなんぞや？と思いつつ面接へ向かった実秋は、要塞のような豪邸で美形だが無愛想な主・結槻陽彦と出会い!?
榊 花月
[理想的な暴君]
イラスト
角田 緑
580円(本体価格552円)